宮廷魔導師見習いを辞めて、魔法アイテム職人になります

3

神泉せい

ill.匈歌ハトリ
Hatori Kyoka

KYUTEI MADOUSHI MINARAI WO YAMETE,
MAHOU ITEM SHOKUNIN NI NARIMASU

口絵・本文イラスト
匈歌ハトリ

装丁
AFTERGLOW

CONTENTS

KYUTEI MADOUSHI MINARAI WO YAMETE,
MAHOU ITEM SHOKUNIN NI NARIMASU

プロローグ

「こちらにお願いします」

「……イリヤめ、このようなことは業者にやらせれば良いではないかね」

アイテム作製をする地下工房に、完成品を並べる大きい棚を購入した。それと樽《たる》の追加だ。ただ、他人に足を踏み入れられるのはどうにも嫌だったので、業者には玄関まで運んでもらって、あとはベリアルにお願いした。彼は文句を零しつつ、運んでくれる。どうせなら黙ってやってくれればいいのに。

ともあれ、これでアイテムをたくさん保管できる。作り放題への第一歩よ。くふふ。

「これで全部です。ありがとうございました」

「そなた、この我を小間使いと勘違いしておらんかね」

「おらんです。私が契約している地獄の王ベリアル閣下です、ありがたや」

「付き合っておれんわ！」

バタンと乱暴に扉を閉めて、何処かへ出掛けてしまった。お礼を述べているのに、短気だな。

レナントにやって来た私は、ついに念願の家を手に入れた。やはり自宅はいいね。

友達を呼べるし、宿みたいに周囲を気にしなくていいし、庭もある。少しずつ生活に必要なものを買い足して、どんどん快適になっているよ。友達も増えて、お仕事もだいぶ順調。生活は充実しているよね。

元々はエグドアルム王国という、大陸の最北にある国で宮廷魔導師見習いをしていた。色々あって、討伐に失敗して死んだことにして、このレナントの町へ移り住んだのだ。

貴族ばかりの中で、山村が出身なのは、とても肩身の狭いものだった。同僚のセビリノ殿や、魔法研究所の所長のように、分け隔てなく接してくれる優しい人もいたから、彼らが悲しんで辛い思いをしていないかが心配。

家族には通信魔法で手紙を送ってみた。届いたかな。返事はないだろうけど、また送ろう。

さて、と。家を出た私は、ビナールのお店と、アレシアとキアラの露店を目指していた。

繁華街に差し掛かるところで、部下と巡回しているジークハルトと行き会った。

金色の髪と緑の瞳《ひとみ》の、この町の守備隊長だ。白い鎧《よろい》は他の兵とは違うので、すぐに分かる。

「お疲れ様です、ジークハルト様」

「イリヤさん、こんにちは。……ええと、町には慣れたかな？」

「はい、お陰様で楽しく暮らしております」

今更な質問だなあ。ようやく、こういう普通のやり取りを気兼ねなくできるようになった、ってことなのかしら。最近、ジークハルトが妙にソワソワしたりするような。

悪い商人を捕まえて問題は片付いたとはいえ、守備隊長にはきっと色々な懸念があるのね。

「今日はどちらへ？」

「ビナール様のお店と、アレシアとキアラの露店です。販売状況を確認しようと思いまして」

「そうか。気を付けて」

「はい。お心遣い、ありがとうございます」

お辞儀して別れた。ジークハルトは、今度は町の男性に呼び止められている。

繁華街の中心部にあるビナール商会の本店は、お客で盛況だった。冒険者が多いね。そっと入って覗《のぞ》いてみると、私のポーションは数を減らしていた。また持ってくる頃合いだわ。

ビナールとは商業ギルドで知り合った。彼は武器や防具、回復アイテムなどの冒険者が使う商品をメインに扱う、商会の会頭をしている。私はハイポーションや上級ポーションなど、効果の高いポーションをメインに卸しているよ。

悪徳商人に私が作製したと知られるのを警戒して、ギルド経由で秘密裏に商品の納入をしていて、問題の人物が捕まった今もその方法を続けている。ハイポーションが作れる職人は、この町にいないらしい。面倒事が起きないように、とりあえずはこのまま継続かな。

「おや、イリヤさん」

忙しそうだし、声を掛けないで出ようとしたら、カウンターの奥からビナール本人が姿を現した。

外出するのかな、いつもよりいい格好をしている。

「こんにちは。お出掛けですか？」

「ちょっと会食の約束があってね。何か用だったかな?」

後ろに控えていた秘書の女性は先に店を出て、護衛と打ち合わせを始めている。

「いいえ、今日はお店を見に寄らせて頂いただけです」

「そうか?　欲しい素材があったら相談してくれ。すぐに手に入るとは約束できないが、探してみるからね」

「ありがとうございます。その際は、よろしくお願いします」

ビナールは慌ただしく外へ向かう。忙しいのね。


次はアレシア達の露店だ。こちらは人通りが少なく、ちょうどお客が途切れていた。

二人は暇そうにしていて、商品はあと半分もない。

「売れ行きは良さそうね」

「あ、イリヤさん。お陰様で、順調ですよ。またアイテムの作り方、教えてくださいね」

「いつでも歓迎よ」

「アイテムかあ。俺はアレ、また欲しいな～!」

おっと、常連になってくれた背中をバンバン叩《たた》くおじさんだ。

「アレですか?」

「そうそう、疲れのとれるハーブティーってヤツ。夜飲んだら、寝つきが良かったよ」

「ありがとうございます。次に作ったら、おじさんの分をとっておきますね」

アレシアがブレンドしたハーブティーのことだわ。買ったハーブだけじゃなくて、宿のアレシア達の部屋でプランターを使って育ててもいるの。

「おじさん、お疲れ？　今度お姉ちゃんとクッキーを焼いたら、おじさんにもあげるね。疲れた時は甘いものって、お姉ちゃんが言ってるもん」

「キアラ！　そこまで言わなくていいから！」

「はは、それは楽しみだ。二人が作ってくれたクッキーを食べたら、おじさんの疲れなんて吹き飛んじゃうよ！」

残っている商品に欲しいものがなかったのか、会話したかっただけなのか、おじさんは笑いながら去って行った。

「ハーブティー、気に入ってもらえて良かったわね」

「ですね。でも……、もっと立派な商品が作れたらなあ。イリヤさんみたいに、魔法もアイテムもドカーッとできたらいいのに」

ドカー。どういうイメージなんだろう。全部得意と思われているのかしら。

「私も不得意なことはあるわよ、回復魔法が弱いとか」

想像が湧かないのか、首を捻《ひね》るアレシア。そうだ、彼女は魔法についてもっと知りたがっていた。

せっかくなので、この機会に魔法の話をしよう。

「魔法の属性は土・水・火・風の四大元素《エレメンツ》と、闇と光。私が得意なのは水なんだけど、ベリアル殿と契約した関係なのか、火の魔法の威力も強いのよね」

「イリヤさんは色々と魔法を知ってるんですよね」

「ベリアル殿のお陰でもあるのよ」

魔法の話に、アレシアは楽しそうに目を細める。キアラはちょっと退屈そう。

「私もすごい魔法を使えるようになりたいな」

「うーん、二人とも魔力が多くないものね……。魔法を教えるのはいいとしても、こればかりは難しいわね」

残念ながらアレシアが使えるようになるのは、初級の魔法くらいだな。


「すみません、お嬢さん方」

五十代くらいの、執事のような服装の男性が露店の前に立ち、帽子を取った。キレイに洗濯されたブラウスにベストを着ていて、背筋がピンとして姿勢が良い。

「いらっしゃいませ！」

お客かな。キアラが声を弾ませる。

「先日、立派な護符を見掛けました。お話を伺いましたところ、よくこちらにおいでになるイリヤ様という職人さんに、魔法を付与して頂いたとお聞きしたものですから」

どうやら、ギルドで作った水属性強化と魔法効果上昇タリスマンのことだわ。

「それは私でございますが……」

「貴女が！　実は私のお仕えしている方が、この宝石に風の属性魔法強化の効果を付与してもらいたいと、仰っているのです。報酬は弾みます。ぜひ貴女にお願いしたいのですが、引き受けて頂けますか」

男性が小さな箱から取り出したのは、大粒で透き通るグリーンの、見事なエメラルドだった。シルバーの指輪に嵌《は》められている。

「もちろん、承ります。見事な宝石でいらっしゃいますね！　代金など頂かなくとも、こちらからお願いしたい程でございます」

私は喜んでその宝石を受け取った。魔法付与するのにピッタリな、魔力のあふれる宝石だ。これは楽しそう……‼

「では、いつ頃受け取りに伺えば……」

「いえ、この場で致しましょう」

「この場……ですか？」

露店の空いた場所を借りて小さな紙に描いた魔法円《マジックサークル》を敷き、その上に指輪を乗せた。

「いと高きお方、エル・シャダイ、我が声を聞き届け給《たま》え。天《あま》つ風、森を抜けたる恵風よ、慈愛をもたらしたまえ。船の帆を膨らませて稲穂を揺らし、エサギラに集え」

強く五芒星《ペンタグラム》を意識して唱えると、グリーンのエメラルドに白く五芒星の形が浮かび上がる。そして光が消えていくと同時に、エメラルドに吸収されるように見えなくなっていった。

頼んだ男性もアレシアとキアラも、息を呑《の》んで宝石に目を凝らしている。

「これでいかがでしょう。素晴らしい宝石とお見受けしましたので、丹念に魔力を込めさせて頂きました」

男性は完成した後も、しばらくただじっと宝石を眺めていた。

少ししてから慌てて布を取り出し、仰々しくそれを包む。

「なんと……こんなに容易《たやす》く、このような付与を……！　素晴らしい腕前でございますね！」

「恐縮です」

なかなか受け取らないから、気に入らなかったのかと冷や冷やしてしまった。

アレシアとキアラも、私が褒められたのを自分のことのように喜んでくれている。嬉《うれ》しいな。

「ありがとうございます、この金額で宜しいでしょうか」

男性が渡してきた代金が高すぎる。ビックリして返金しようとやり取りをしていると、ベリアルがこちらに歩いて来た。

「何をしておるのかね、そなた」

「この方が提示する付与の報酬が、高すぎるんです。こんなに受け取れません」

「何故だね、あちらから申し出たのであろう？　世間知らずなそなたと違って、正当な対価を提示しておるのではないかね。受け取れば良いではないか」

さり気なく私をバカにしていないか。宮廷に仕えていたから、普通の人が暮らす世の中に疎いと言われればそうだけど、ベリアルなんて王じゃない。

「ですが……」

「イリヤお姉ちゃん、受け取っちゃいなよ。お客さんも困っちゃうよ」

にこにこしているキアラに対して、アレシアは戸惑っている。やっぱり高いと思うよね。

しかしこのまま押し問答をしても仕方がない。ベリアルの助言に従い、受け取ることにした。

「では、ありがたく頂戴《ちょうだい》いたします」

……あれ？　ベリアルとのやり取りを眺めていた男性が、何故か目を大きく開いて硬直している。

「やっぱりイリヤさんって、すごいなあ」

ふう、とアレシアがため息をつく。

男性がハッと我に返って、お金を差し出しながら今度は声を震わせた。

「あの……この方は、もしや……悪魔でいらっしゃいませんか……？」

「よくお分かりに。私が契約しています」

「これは何とまた、多才な方でいらっしゃいましょう。いえ、我が主が召し抱えられている魔導師の方も、悪魔と契約をされておりまして。なんとなく似た印象を受けました」

それで気になって尋ねてみたのだという。高貴な方だろうし、きっと爵位を持つ悪魔と契約している魔導師を雇っているのね。

召喚術師はたいてい、魔導師も兼ねている。特に悪魔を召喚したいなら、魔力を強制力に変える手段がないと、いざという時に対抗できないからだ。

男性は宝石をしっかりと仕舞って、丁寧に礼をして人ごみに消えた。

うん、いい仕事をしたね。上出来だったよ。

あとは帰って、アイテムでも作ろうかな。そう考えつつアレシア達に別れを告げて、ベリアルと道に出た時だった。

「すみません、お嬢さん。イリヤ様でいらっしゃいますか？」

背後から声を掛けられた。

振り向くと、紺色の髪をした二十代後半の男性が立っている。身なりは冒険者のようで、柔らかな笑みを浮かべていた。警戒して睨《にら》むように男性を見る、ベリアル。

誰かしら……？

一章　エクヴァルとドラゴンの鱗《うろこ》

ついにチェンカスラー王国のレナントに到着した私は、まずは街を一回りしながら地理を把握し、周りの雑談に耳を傾《かたむ》けていた。

本日は冒険者は休業、エクヴァル・クロアス・カールスロアとして仕事をしなければならない。

ここに来た目的は、討伐任務で死亡したとされる、宮廷魔導師見習いのイリヤという女性の生存を確かめるため。生きてこの町にいると、突き止めたのだ。彼女の任務やアイテム作製について虚偽の報告があり、こともあろうに四大回復アイテムの一つ、エリクサーの作製に成功した事実を宮廷魔導師長は隠蔽《いんぺい》していた。宮廷魔導師長の不正を調査していた中でも、とりわけ重大な問題の一つ。

ハッキリと証言をしてもらわねば。

ここまで遠い国だ。死亡したことになっているし、まさか刺客を送るような真似はしないとは思うが、魔導師長に不利になる証言をしてもらうことになる。生存に勘付かれた場合に備え彼女の身柄を保護しなければならない。

命令を下された皇太子殿下に、いい報告ができるように。国で任務に当たっている仲間達に恥じぬよう。気合を入れ直して、慎重に接触しよう。

ここはそれなりに大きな町で、繁華街は活気にあふれ、公園で子供達が遊び、通りには露店がいくつも展開されている。

平和だ。悪魔が事件を起こした様子はない。

どこからともなくイリヤという単語も聞こえてきた。あの娘の作る薬がよく効く、と。まあ当然だな。どんなに細々と活動しようが、エグドアルムの宮廷魔導師見習いだったほどの腕前は隠しようがないだろう。

本来なら調査をしてから対象に接触したいところだが、高位貴族の悪魔と契約しているとなると、それはむしろ危険だと判断。調査に気付かれて不興を買いかねない。早々に本人との接触を試みるべきだな。

アイテム職人として活動しているのは、ラジスラフ魔法工房などで耳にして、既に把握している。素材やアイテムを扱う店の周辺を歩き、店内を覗《のぞ》くフリをしつつ確認したが、それらしき姿はない。商品も普通のポーションや薬などだ。宮廷魔導師見習いの作とは思えない。ハズレかな、どこかの店に卸しているかと予想したのだが。それとも単に、完売か？

商業ギルドで尋ねるにも、冒険者の格好では少々違和感がある。見つからなかった場合にしよう。

再び街を一周してみようと散策中に、露店が並ぶ通りでついに薄紫の髪の女性を発見した。

彼女の故郷の村で会った、妹に後ろ姿が重なる。確実だな。そもそもこの近辺で紫色の髪なんて、ほとんど見掛けていない。紺や紫は、北側に多い髪の色だしね。

傍らにいる赤い髪の男、彼が悪魔だと思われる。赤いマントに黒いブーツ……目立つ男だ。

「すみません、お嬢さん。イリヤ様でいらっしゃいますか？」

「……はい？　確かに私はイリヤと申します。失礼ですが、何処かでお会いしていましたか？」

振り向いたその顔は、濃いアメジスト色の瞳《ひとみ》に白い肌、柔らかそうな唇、清楚《せいそ》な白いローブが似合っている。

おお、当たりだ！　いろんな意味で大当たりだ‼　任務、最っ高！

ゴホン。咳払《せきばら》いをし、真面目な表情で軽くお辞儀をした。

「警戒しないで頂きたいんですが、私はエグドアルム王国から参りました。少々お時間を頂いても宜しいですか？」

「……エグドアルム……」

彼女が体を強張らせると、悪魔が彼女を庇《かば》うようにスッと前へ出た。

なるほど、彼女を守る意思がある。下手な詮索《せんさく》は禁物だ。

「……今更、何用かね？」

「ご安心を、彼女に危害を加えるつもりはありません。とりあえず、どこか誰にも話を聞かれないような場所で、お話をしたいのです」

空気はピリピリするものの、何とか話はできるようだ。

案内されたのは彼女の家だった。

……もう家を手に入れていたのか。そうだ、エリクサーを作れるんだった。その気になれば家なんて選び放題だ。

来客用のソファーに腰掛けて待つと、彼女は紅茶を淹《い》れてくれた。悪魔はソファーの脇に立っている。

「貴女を無理に連れ戻しに来たわけではなく、まずは生存を確認したかったのです。魔導師長には知られずに」

「……魔導師長に知られずにとは、どういうことでしょう……？」

「私は魔導師長の不正を調査しています。貴女はその生き証人なのです」

「……話が思っていた方向と違いすぎて、混乱してしまいますね」

彼女は私を、魔導師長の刺客か何かと勘違いしたようだ。湯気の立つ紅茶を一口流し込むと、ハチミツの甘さが口の中に広がった。まだ警戒を解かれたわけではないので、慎重に話を進めねばならない。特に、悪魔から敵対行為と見做《みな》される言動は、得策ではない。

エグドアルムの宮廷魔導師で、最も召喚術に長けている者が契約していた悪魔が、侯爵位だった。それは近隣諸国と比べても最高位。そのことから伯爵位の悪魔である可能性を視野に入れていたが……、これは上方修正が必要だ。内包される魔力の純度が違う気がする。最低でも侯爵位、むしろそれ以上の可能性を考慮すべき。

以上のことから、悪魔との戦闘は絶対的に回避すべきと判断する。

「え～……、回りくどいのはやめましょう。私はエクヴァル・クロアス・カールスロア。皇太子殿下の親衛隊に所属しております。殿下は魔導師長と、敵対していると言っても過言ではないほど、〝良好〟な関係です」

ある程度は率直にいこう。信用を得たい。

彼女は顔色を青くして、ソファーから降りて跪《ひざまず》いた。片膝《かたひざ》に両手を置き、頭を下げる。

「カールスロア様。お初にお目に掛かります、イリヤでございます。高貴な方とは存じ上げず、失礼致しました。非礼をお許しください」

あちゃあ、親衛隊と聞けば高位貴族と考えるか。実際はもっと実力主義なんだよね。委縮させてしまった、単刀直入にいき過ぎたな。

「顔を上げてください、そのような態度は不要です。さ、ソファーに座り直して。話の続きをしましょう」

手を差し伸べて、ソファーに座るよう促す。悪魔の視線が痛い。無害ですよ、私は。単なる好青年だからね。彼女は戸惑いつつも私の手を取り、再びソファーに腰掛けた。

「……お心遣い、感謝申し上げます」

「いやいや、もっと気軽にどうぞ。ホラこの通り冒険者ですよ、今は」

ランク章と衣装を指すと、彼女はクスッと笑った。少しは緊張もほぐれただろうか。

「ところで敵対とは、どういう意味でしょう……？　それは良好とは言えませんよね。そして貴方様はなぜ、私が生きてここにいると？」

「エクヴァルとお呼びください。もしくは愛しい人、と。殿下は魔導師長の不正が許せないんですよ。貴女が生きていることはアーレンス殿との会話で確信し、失礼ながらご実家でお手紙を拝読させて頂きました。不正調査が最優先事項ですし、今回の死亡偽装や逃亡を咎《とが》めるつもりはありませんので、ご安心を」

彼女は私の説明を聞くうちに、目を見開いてこちらを凝視していた。

「……エクヴァル様、私の家族に会ったんですか？　家をご存知で⁉」

愛しい人は、スルーされてしまった。まあいいか。

「ええ、家はすぐに分かりました。ご家族はお元気でしたよ」

「元気なんですね……。そうだわ、それにアーレンス殿ということは、セビリノ殿……。エクヴァル様、セビリノ殿はどのようなご様子でしょうか、家族は怒っていませんでしたか……⁉」

不安げな面持ちで家族と、同僚であるセビリノ・オーサ・アーレンスの様子を尋ねてくる。

彼女の紅茶は、口をつける前に冷めてしまっただろう。

「アーレンス……いや、ここではセビリノ殿と呼ばせてもらいましょうか。彼も気を取り直して、元気でいます。この件が片づいたら、彼にも連絡をしてあげてください」

「……はい。ありがとうございます」

「それからご家族ですが、怒ってなどいません。貴女からの手紙が届いた時には、涙を流して喜んでいらっしゃいました。貴女の無事を祈っています」

「そうなんですね……」

雰囲気が和らいできた。家族の話は効果的でいいな。ここでアレを出すか。

「これはご家族からのお返事です。妹さんは読むのはともかく、長文を書くのが苦手ということで、私が代筆しています」

サインは本人に入れてもらっている。偽造したと疑われたら困るからね。

「手紙……っ」

彼女は僅《わず》かに両手を震わせて受け取り、封筒の表を涙目で眺めていた。きっと一人で開封するつもりだろう。しばらく無言の時間が経過する。それから手紙を、テーブルの上に置いた。

「ありがとうございます。後ほど読ませて頂きます」

悪魔は彼女の様子に目を細めているだけで、特に言葉は発しない。

さて、本題に入るか。

「では質問させて頂いて宜しいでしょうか。貴女は宮廷でエリクサーを作っていましたね？　それは、魔導師長も承知でしょうか？」

「もちろんです、きちんと提出しております」

彼女は大きく頷《うなず》いた。よし、証言が取れた……！

「……ありがとう。彼はそれを報告していなかったんですよ。魔導師長としての重大な義務違反になります」

「まあ、そうだったんですか……」

報告されていなかったのに、疑ってもいない。もしかして、エリクサーの作製を成功させると報奨金が出ることも知らないんだろうか。誰も説明していなかったのか……。

あの秘薬を給金だけで作らせるのは、さすがに酷いだろう。

「そして討伐は十五歳の時から」

「その通りです」

よくまあ十五歳の娘を、大人が匙《さじ》を投げる大変な討伐の任に就かせるな。やはり討伐で死ぬことを期待していたな。庶民が宮廷魔導師になるのが、そこまで許せないかね。

しかしそれをこなしてしまう彼女がどんな存在か、そのことに対する認識が薄い。

「そしてその彼が、貴女が子供の頃に契約したという悪魔ですね？」

ソファーの脇に立つ男に視線を送る。赤い髪、瞳、爪。整った容貌《ようぼう》に高価な宝飾品を身に着けて、かなり高貴な悪魔であることは一目瞭然《いちもくりょうぜん》だ。

「ええ、ベリアル殿です。でもなぜ悪魔と？」

「これもセビリノ殿が勘づいておられましたよ」

やはり子供の頃に契約しているな！　気付いたのは全て、アーレンス殿のせいにしておこう……。

悪魔ベリアルの方は、私を胡散臭《うさんくさ》そうに見下ろしているが。

「魔導師長は他にも収賄や不正人事、不正蓄財など色々ありますから、近いうちに収監される予定です。もし、他にも彼と何かあったなら、些細《ささい》な内容でもお知らせ願いたいのですが……」

「………」

少しの逡巡《しゅんじゅん》を経て口を開きかけ、そのまま俯《うつむ》いたイリヤ嬢。

あ、これあるわ。色々やるな、あのジジイ。

「……大丈夫です。内容によっては報告をせずに、ここで止めましょう」

「……ではその……、恥を承知でお話し致します……」

彼女はとても言いにくそうに、両手をもじもじと動かしている。可愛《かわい》いなあ。


「実は、魔導師長に……正式に宮廷魔導師になりたければ、あ……愛人になれと迫られまして」

「『愛人！？？』」

おっと、悪魔と言葉が被った。本当に誰にも打ち明けていない話らしい。それにしても、自分の子供よりも若い娘に手を出そうとは‼

「もちろんお断りしました！　それからは常に他の男性と一緒にいて一人にならないようにして、あの機に急いで国を出たのです」

通信魔法を残しながら使い方を説明していなかったり、宿舎の部屋にも捨てようとまとめたままの衣服が置いてあり、片付けている途中のようなところがあった。準備していたようでいながら慌ただしく亡命したから、おかしいとは感じたんだ！

タイミングだけじゃなかったのか、そんな理由まであったとは‼

エグドアルムの宮廷魔導師になるには年齢制限があって、二十五歳以上にならないと資格が得られない。二十四歳のうちに、どうしても国を出たかったのか……。

とはいえ今までの最年少が二十八歳だから、それ以下で正式に任命されるとも思わないが。

「全くそなたは、我に何も申さんとは！　行って参るぞ、良いな⁉」

「良いなとは、どういうことでしょう⁉　もう行く必要はありませんよ！？？」

慌てて彼女は止めるけれど、正直止めなくていいと思うんだ。それが世のため人のため、そして国のためになる。

「イリヤ嬢、気になさりすぎです。悪魔に召喚した術者が殺される事案は、割と多いんですよ？よくある事故です」

「エクヴァル様も何を仰るんですかっ！」

「そなた、なかなか話の解る男ではないか」

そのまま殺してもらえれば楽だったんだが、結局行かずに終わった。残念だ。


「あ、そうだ、イリヤ嬢。コーヒーを頂けませんか？」

「……はい、すぐにお淹れします」

彼女は飲み終わったコップをトレイに載せて、素早く席を立った。紅茶のおかわりだとすぐに戻れるからね、敢えて別の飲み物を頼んだんだ。

扉が閉まるのを確認して、悪魔がこちらに視線を寄越す。

「……我と話があるのかね」

さすがに察しが早い。目を細めて、警戒するように声を潜めた。

「私は彼女に危害を加えないし、意に沿わないこともしないつもりですので、ご安心頂きたく。ただ私には、皇太子殿下の命《めい》は絶対ですがね」

「我はその、殿下とやらを知らぬのだがね」

「……意地は悪いけれど、人は悪くない方ですよ。無体《むたい》を強いることはないでしょう。親衛隊以外には……」

「なるほど、良い人間のようであるな」

どういう意味か、ちょっと気になるところだな。

「我からの質問だ。もしその殿下とやらが、イリヤを無理にでも連れて帰れだの、アレの意に反する命令を出したならば、そなたはどうするのかね？」

……ないとは思うが……。うむ……敵対した場合を想定しろ、というのだな。

と、なると。大した手がない。

「……最も簡単な結論は、私が死ぬことでしょうな」

「何故かね？」

問い掛けるベリアルの表情は変わらず、私がどう答えるかは見当が付いていたようだ。

「殿下の命には逆らいませんが、貴方と敵対するなど国家を滅ぼしかねない選択になるでしょう。ならば、国を守る騎士としては、命令を遂行できない状況にすることが賢明な判断だと思いますね。そして、私を死に追いやるような相手に、殿下が調査も策もなく手を出しはしないでしょう。警告にもなりますすよ」

「ほう……、それはなかなか面白い決断である。では、それを誓えるかね」

ベリアルの笑顔はなんとも悪魔らしい、尊大で高圧的なものだ。

「……誓うしかありませんな」

「ならばそれは、この地獄の王の一人、ベリアルとの誓約である。違《たが》えることは許されぬ！」

王！　王なのか!?　イリヤ嬢はどのようにして、どんな契約を結んだんだ⁉

恐ろしい娘だな、本当に‼

これは……とても殿下に報告できない。悪魔の爵位については、不明で通すしかないな。契約と違って魔力による強制がないとはいえ、誓いとして言質《げんち》を取られてしまったし……。

これで少しは信用してもらえるなら、安いものだと考えておくか。


少しすると彼女がコーヒーを手にして戻って来た。

「そういえばエクヴァル様は、これからどうなさるんですか？　国へお戻りに？」

「いえ、しばらくは貴女の身辺の警護も仕事ですから。こんな場所まで仕掛けてくる可能性は薄いと思いますが、まだ魔導師長に関しては不安材料があります。なので、イリヤ嬢さえ宜しければこの家に置いてもらって、冒険者として仕事でもしようかなー、と。近くにいれば、何かあってもすぐに対応できますよ。ご用命頂ければ、荷物持ちもします」

笑顔でお願いしてみる。確か庶民なら、異性でのルームシェアもわりと普通なんだよね。貴族だと、その気もない男女が同じ部屋で二人きりになるのも、おかしいと指摘される。

二階もあって広いし、是非同じ家に住ませてもらいたい。まだ調査したいこともある。護衛の戦力的には、王たる悪魔がいるなら私は必要ないだろうな……。

「……そなた、ここに住む気かね？」

「そしてなぜ冒険者を……⁇」

ベリアルの方は少し不満があるようだが、どうにか頼み込もう。彼女は国で禁書庫に出入りしていたり、研究所や実験施設など、魔法関係の根幹に関わる部分にも携《たずさ》わっていた。

私の本来の任務の一つは、秘密の漏洩《ろうえい》を防ぐことだ。まずは彼女のそばで、観察する必要がある。

「聞いてください、ここに来るまでに始めたんですよ、冒険者！　現在Dランクです！」

「なにやってるんですか！？？」

イリヤ嬢の驚いた反応は、とても可愛くて満足なんだが。

「……ふむ、身分証明書として使うわけであるな」

遊び半分という風を装ったのに、すぐに言い当てられた！　彼女が護衛と同時に監視の対象であることすら、もう見抜かれているかも知れない……。

うわあ……、これは一筋縄ではいかなそうだ。

◆◆◆

エクヴァルは結局、二階の部屋を使って一緒に住むことになった。

まさかわざわざ私の実家を訪ねて、手紙を預かってくれていたなんて！　とても嬉《うれ》しくて、何度もお礼を告げた。

いつかエグドアルムに帰れたらいいな。その時に話せるよう、いっぱい楽しい経験をしたい。

……とはいえ私、死んだことになっているんだよね。手紙には元気で暮らしているから気にしないでと私を気遣う言葉の他に、討伐で一緒だった第二騎士団の人達が、弔問に訪れてくれたとも書かれていた。帰れるかは別にして、帰っていいのだろうか……。

手紙を読み終えて台所に行ったら、荷物を置いたエクヴァルが二階から降りて来た。

「ちょうど良かった、お土産を渡し忘れてた。アイテムを作るなら、あるといいかなと思って」

「ありがとうございます。遠慮なく使わせて頂きます」

ドラゴンティアスだ、やったね。旅の途中で退治したのかな？

「それとね、身分は隠しているから。敬語も様付けも、ナシでお願いできるかな？」

「……ですが、さすがにそういうわけには……」

「ほら、私はDランク冒険者で君の護衛だから」

急にそう言われてもなあ。エグドアルムの貴族にしては砕けた感じでいい人みたいだけど、さすがに会ったばかりで簡単に態度を崩すのも難しい。

「……善処します」

精一杯かな、と思う回答をする。彼は顎《あご》に手を当てて困ったという表情をした。

「……イキナリは難しいかな。あ、そうだ。それなら私のことを恋人だと思って！　ホラ、親しい気持ちにならない？」

「なりません」

訂正。砕けた感じのいい人ではなくて、軽い人だわ。


エクヴァルが到着した次の日。今日は彼を冒険者ギルドに案内する約束だ。

昼前なのでベリアルも一緒に出掛けて、三人でお昼も食べよう。

「この者は諜報員《ちようほういん》なのであろう？　ならば案内せずとも、道などもう覚えておるであろうが」

「え？　昨日いらしたばかりですよ？」

「……どうもやりづらいなあ。まあ、主要な建物の位置関係は、全て把握しましたよ」

専門の諜報員でもないんですがね、と苦笑いしている。

じゃあなんで教えて、とかお願いしてきたんだろう……？　わりと謎の人だ。

「ここが冒険者ギルドです。朝はすごく混むみたいだけど、もう空《す》いているかしら」

ゆっくりと入り口の木戸を開ける。冒険者らしき人々の姿はあるものの、そんなに多くはない。

特に見知った顔もいなかった。

「ありがとう、美しい人」

「どういたしまして、おかしな方」

こんな感じで褒めてくるので、やっぱりなんだか胡散臭いなあ。

不調だな～と呟《つぶや》きながら、エクヴァルは依頼の貼られた掲示板の前へ進んだ。

私は受付の左側にある、緊急危険情報を確認してみた。危険な魔物が出た時に、注意勧告が貼られるらしい。商業ギルドにも貼り出されるし、人が集まる場所に立て看板で出る町もあるとか。

このレナントの町で知り合った冒険者グループ、〝イサシムの大樹〟の人達に教えてもらった。

むしろ、今まで知らなかったの？　と驚かれてしまった……。一般常識だったらしい。

出身の山奥の村にはギルド自体がなかったし、立て看板を見るまでもなく、王命で討伐に行く方だったからね……。


「イリヤ嬢！　これこれ。面白いものがあるよ！」

エクヴァルが一つの依頼札を持って、こちらへやって来た。


『採取依頼　ドラゴンの鱗《うろこ》、等級、種類問わず』


「ドラゴンの鱗。ということは、依頼主は武器か防具の職人さんかしら。鱗はいつも取らないからなあ」

「そなたは爪だのドラゴンティアスだの、薬になるものにしか興味を示さんからな」

「……最近も討伐してるように、聞こえるんだけど……」

私達の会話に、エクヴァルは顔を引きつらせる。彼だってお土産にドラゴンティアスをくれたのに。討伐、おかしくないよね。

「しております。中級クラスのドラゴンを倒さなければ、ドラゴンティアスは入手に至りませんので」

「イリヤ嬢、言葉遣い、言葉遣い」

あっと、そうだった。ダメ出しをされてしまった。言い直さねば。

「……中級くらい倒さないと、ドラゴンティアスってなかなか出てこないのよ。あ、お土産のドラゴンティアスありがとう。今度使わせてもらうわね」

合格みたい、笑顔で頷《うなず》いている。

しまった、ドラゴンの話なんてしているから、周りの視線が集まっているぞ。そしてエクヴァルのランク章に目が行くと〝あいつDだよな？〟と、訝《いぶか》し気にしている。場所を考えるべきだった。

「とにかく、どこで手に入るか分からないと受けられないわよ」

「それなら、依頼主が相談に乗ってくれるって書いてあるね。どうだい、ランク問わずだし受けてみようか？」

受けたいのかな、この依頼。

依頼札を振りながら、エクヴァルが移動しようとした時だった。


「何考えてんだよ。やめときなよ」

私達の会話が聞こえていたようで、呆《あき》れた表情で男性が声を掛けてきた。年は二十五歳前後かな。槍《やり》を持っていて、もう少し若そうな女性と一緒だ。

女性は魔法使いの杖《つえ》と、裾《すそ》の短いローブを装備している。ランク章は二人ともB。

「確かに、落ちてる鱗を拾うって手もあるけどね。ドラゴンはブレスも使うから、危険よ」

周りにいる冒険者はこの二人を知っているようで、ひそひそ噂している。憧れるという言葉も聞こえてくるし、この町の中では有名な冒険者かも。

青年はリエトと名乗った。水色の短髪で青い瞳《ひとみ》、軽装の鎧《よろい》には傷がついている。

女性は魔法使いのルチア。赤茶の髪に茶色い目をしている。靴が可愛《かわい》い。

「君達が受ける予定？」

エクヴァルの目が、獲物を発見したように光った気がする……。にこりと笑ったところが、むしろ不穏《ふおん》だ。

「まさか、この人数でしょ。中級クラス以上が出たら危険だもの、受けないわよ」

ため息をつく女性に、エクヴァルは遊びでもするように誘い掛ける。

「そう？　私達は受けるけど。どうせなら競争しようよ。ほら、できれば色々な種類が欲しいって書いてあるし。何種類取れるかとか、面白そうじゃない？」

あれ？　これって、私とベリアルも同行する前提になっていないかな？

ベリアルの趣味がドラゴン狩りって、聞いたのかしら？

「じゃあ、こちらのチームに僕らも加わろうかな？　僕はカスティス、弓と魔法を使う。彼女は魔法剣士イヴェット」

唐突に弓を携《たずさ》えた男性が割って入った。

ブルーグレーの髪を後ろでまとめたカステイスは、紺色の瞳をして白いロングベストを着ている。

イヴェットは黒髪でショートカットの女性。こちらも軽装で、細い剣を腰に佩《は》いていた。

「え、Aランクのお二人が……!?」

最初に私達と会話していたリエトが、驚いて振り返る。

「でもそれじゃ、このDランクの人達は……」

リエトの隣にいる魔法使いルチアの言葉を遮《さえぎ》り、イヴェットは口に手を当て、プッと堪えきれないように笑った。

「貴方達……気付いてなかったの？　後ろにいる派手な男、結構な悪魔じゃないの！　Dランクに騙《だま》されてるわよ」

「ははは、イヤだなあ。騙すなんて人聞きの悪い。彼はこの彼女が契約者だからね、私は関係ないよ。彼女は冒険者でもないしね」

さすがにAランクの二人は、ベリアルに気付いたらしい。ベリアルは腕を組んで微笑を浮かべているだけ。

結局二組で受けることになり、何故か私達も巻き込まれた。おかしいな、別に一緒に行くつもりはなかったのに。素材も手に入りそうだし、問題はない。けどどうして、こうなったのかしら？

ベリアルは趣味だもんね、我の獲物だ！　と、張り切っているだろう。

まずは受付で受注して、依頼を出した職人に皆で話を聞きに行った。なんとそれは、暴漢に襲われていたところを助けたことのある、ドワーフのティモだった。

ティモの説明はこうだ。

「ドラゴンの鱗を使った防具が欲しいと相談があったがよ、もちろん鱗なんて持ってなくてよ。頼んできたのは常連だし、応えたいんで依頼を出したわけだ。まだ鱗の素材を扱ったコトもねえし、色々な種類が欲しいな！」

「なるほど。ドラゴンの種類は、こちらに任せて頂けますね」

エクヴァルの確認に、ティモが頷く。失敗してもいいように、できれば多めに欲しいそうだ。

ドラゴンが目撃されているのは、南東の山脈の岩場。

チェンカスラー王国の南にある、フェン公国の領土にあたる。さらに南にある軍事国家トランチネルから分かれた、小さな国だ。常にトランチネルから狙われているので、無駄な戦いで兵士を失うことを恐れて、滅多に人里に降りない山脈のドラゴンなど放置されているらしい。

立ち入りは基本的に禁止。なので、一般的にはあまりこの場所は知られていない。見張りは一応立ててあるが、ドラゴンが出てくるかを警戒しているだけで、人の出入りには鈍感だという。

材料が多かったら取って来た相手にも格安で加工するとティモが宣言したので、四人が喜んでいる。お前らは嬉しくないのかと尋ねられたけど、鱗って物理攻撃タイプの人が使う装備だよね。エクヴァルも微妙みたい。もっと軽いものが好きなんだとか。

ちなみにベリアルも、どちらかといえば魔法タイプに入る。

期限は移動を含めて十日！　どうせやるなら、勝ちたいよね。

気合を入れて、さあ勝負開始！

「って、そういえばエクヴァルだけ飛べないの？」

「……うっかりしてた、君達は飛行魔法使えたね……！」

「じゃあ私のワイバーンを貸すわ。乗せてくれるといいわね」

「ワイバーン‼　いいね、カッコイイね！」

あの四人はその日のうちに出発した。さすがプロの冒険者、行動が素早いね。徒歩だと二日くらいかかるらしい。こちらは飛行魔法も使えるし、出発は明後日でいい。

ますはエクヴァルが、ワイバーンに気に入られるか確かめないと。翌日町の外の平原で笛を吹き、ワイバーンを呼んだ。すぐに森から姿を現し、キュイイと鳴いてだんだんと大きく映る。

「よしよし、元気ね。明日は一緒に出掛けましょ」

「キュイイン！」

嬉《うれ》しそうにするワイバーン。飼い慣らすのは大変だけれど、懐くと可愛いのだ。

「私も触っていいかな」

「どうぞ。エクヴァルを覚えるように、顔を撫《な》でてあげてね。見えないところから手が出てくると、警戒されるから気を付けて」

「了解！」

ワイバーンって見知らぬ人が近づくと、神経を尖《とが》らせるのよね。大丈夫だよと宥《なだ》めるように、私が首を摩《さす》ってあげる。前から近づくエクヴァルをじっと見つめて、大人しく撫でられてくれた。

慣れた頃合いを見計らって、エクヴァルがついに乗ってみる。問題ないようなので、騎乗の練習を開始だ。空に浮いてゆっくり右に曲がったり、左に進むよう合図を出す。ワイバーンは素直に従っていた。さすがにすぐ乗りこなしちゃうわ。

空を何度も旋回してから、エクヴァルはワイバーンから降りた。気に入ったようで、笑顔だ。

「私も飛べる日が来るとは思わなかったよ」

「でもエクヴァル、竜の鱗の依頼なんて受けて、目立っていいの？　極秘任務中じゃないの？」

「ん～、本当はダメなんだけど。ランクが低いと強い魔物の討伐が受けられなくて楽しくないし、腕が鈍《なま》っても困るしね」

ワイバーンはいったん、住み処にしている森へ帰ってもらう。召喚したわけではないので、この子は常にこの世界にいる。

「この者は、我とそなたの実力を測りたいのであろうよ。ドラゴンなど、格好の獲物ではないかね」

「……まあ、それもありますね……」

見た目より考えて行動している人なのかしら。ベリアルに見透かされてやりにくそうに苦笑いしているのが、ちょっとおかしかった。

◆◆◆

「ここが竜の住み処と呼ばれる岩場か。大きな洞窟《どうくつ》がいくつもあるね、イヴェット」

「カスティス、慎重に行きましょ。もし洞窟内で囲まれでもしたら、大事《おおごと》だわ。本当ならもっと大勢でやる仕事よね。まっ、その分燃えるわ」

ブルーグレーの髪の魔法使い、カスティス。彼は弓を携えている。弓と短剣も使うから。

私は魔法剣士、イヴェット。得意なのは剣の方ね。

竜の鱗を採取する依頼を受けてフェン公国に入った私達は、早速ドラゴンが住むという山脈にやって来ていた。大きな木に三本並んだ爪跡が、竜の存在を誇示している。


チェンカスラーのレナントという町でDランク冒険者の若い男と、ラベンダー色の髪をした大人しそうな女性と、赤い派手な悪魔という不思議な三人組に会った。

そしてどちらがより多い種類の竜の鱗を集められるかという、危険な、でも面白そうな勝負を受けたの。あのDランク、自信がありそうだった。きっと彼は、ランク以上の実力ね。

最初に彼らと話をしていたのは、一緒にここへ来たBランク冒険者。槍使いリエトと、魔法使いルチア。ルチアは回復も得意ということで安心した。そして私とルチア、二人がブレスの防御魔法を使える。これはドラゴン退治において、とても重要になる。

たとえSランクの冒険者であっても、ブレスの防御魔法が使えないとドラゴンとはロクに戦えないから。

私達は本来、Aランク四人で冒険者ギルドにパーティー登録をしているの。残りの二人は別行動中よ。いつもと違うパーティーメンバーですするには不安要素の大きい依頼だし、二人の戦い方もしっかり把握しておかないといけない。

どの洞窟に入るべきか相談していると、下級のトカゲタイプの竜が岩陰から姿を現した。これはブレスすら使えない弱い竜。それでも低ランク冒険者なら、簡単に命を奪ってしまうような存在。とはいえ出来立て高ランクパーティーの、準備運動にはちょうどいいわ！

「カステイスが矢を射ている間に左右から行きましょう。魔法はまだ温存よ！　ルチアは周囲を警戒して！」

「了解‼」

私と槍を持ったリエトが走り、カステイスは竜の眉間《みけん》に寸分の狂いなく矢を浴びせる。

矢が刺さり叫びながら上を向いた竜を左右から攻撃し、最後はリエトの槍が胸を深く突いて、とどめを刺した。

ドオオンと土煙をあげて竜が倒れる。

「……さすがね、見事よ」

「イヴェットさんが指示してくださったおかげです！」

リエトは照れくさそうにしている。彼の攻撃力なら、もっと強い竜でも平気ね。

早速狩れたし、幸先がいい。鱗《うろこ》を一枚剥《は》がした。

それから近くの洞窟を探索してみたけど、ここにドラゴンはいなかった。獣系が少しいたくらい。

イケそうだし、中級のドラゴンも狩りたいわね。

外に出ていったん休憩していると、例の三人が離れた場所を歩いていた。皆はこの後の計画を立てているので、私は少し彼らの様子を探ることにした。


「あ、ドラゴン発見！　でも下級の最下層だねえ」

「……任せた。我は気が乗らぬ」

「私も、マナポーションがハイと上級一本ずつと中級しかないの。温存していていいかしら？」

「だよね。了解でーす」

なんだか緊張感のない連中ね……。

男、エクヴァルという名だったか。彼は細い剣を抜き、ロクな防具も着けていない状態で竜に向けて走り出した。なんでアイツら、あんな格好でこんな場所に来るの!?　信じられない！

エクヴァルはやたら足が速く、瞬きの間に竜の手前まで迫る。

そして剣を横に振りぬいて腹を斬り、すかさず飛び上がって首にも一撃加える。それだけで下級の竜を倒してしまった。

「これは鱗、要らないよねえ」

そして興味なさ気に次の獲物を探す。

「いいんじゃないかしら。エクヴァルって、やっぱり強いのね」

「ははは、見直した？」

「ちょっとだけ」

ちょっとどころじゃ、ないでしょうよ。あの腕は、確実にAランク以上だわ……！　どうなってるの、あの軽薄男は？

すると洞窟から、明らかに中級と思われる龍《りゅう》が姿を現した。この龍は蛇のような長いタイプで、どっしりとしたトカゲタイプの竜よりも空を飛び廻《まわ》ることが多く、飛行魔法が使えないと倒すのは厄介だ。

「ほおお！　我の獲物で良いな！」

悪魔の手が燃えあがり、赤黒い剣が手の中に現れる。

あの剣は、火、そのもの……？　こんな悪魔なんて、見たことも聞いたこともない！　どんな爵位を持っている悪魔なの!?

しかも中級の龍を、我の獲物ですって？　一人で狩るつもりなの!?

「あああ!!　あの龍の、爪と髭《ひげ》が欲しい……！」

あの女もなんなの……？

「出た……！　中級だ！」

私達のチームも遭遇したらしい。こっちだって、これからが本番よ！

私が戻ると、中級で風属性のストームドラゴンが大きな首を持ち上げて、ブレスの用意をしていた。四人で戦えば、まず負けはない。怪我に気を付けて、あとは周囲にも注意を怠《おこた》らないで。他のドラゴンに挟み撃ちにされたらさすがにマズいからね、さっさと片付けましょ！

「襲い来る砂塵《さじん》の熱より、連れ去る氷河の冷たきより、あらゆる災禍より、我らを守り給《たま》え。大気よ、柔らかき膜、不可視の壁を与えたまえ。スーフルディフェンス！」

Ｂランク冒険者ルチアのブレス防御魔法は中級ドラゴンのブレスを防ぎ切り、終わると同時に砕けて散った。

「セーフでしたね……」

苦笑いする彼女に、よくやったわと励ます。あまり長引かせないようにしないと。

「流氷の海を漂い、厳冬を割り泳げ。寄るべなき窓辺を叩《たた》き、戦慄《わなな》く身を切る吹雪を、突き刺さる氷の息吹をもたらしたまえ！　ブリザード！」

カステイスが冷たい空気と氷をもたらす、水属性の中級攻撃魔法を唱える。

竜の腹に当たり、のけ反るうちにリエトが槍《やり》で攻撃して脇に退避。私は近づきながら、まずは巨大な炎を吹き付ける魔法を唱える。

「赤き熱、烈々と燃え上がれ。火の粉をまき散らし灰よ踊れ、吐息よ黄金に燃えて全てを巻き込むうねりとなれ！　燃やし尽くせ、ファイアー・レディエイト！」

炎と氷、二つの魔法をぶつけてからドラゴンの足を剣で横薙《な》ぎに斬ったが、さすがに中級の皮膚は硬い。これでも風属性のドラゴンは、基本的に物理よりも魔法防御の方が高いという特徴がある。何とか物理攻撃をもっと与えないと。

背中の羽を斬り落としたいが、私では力が足りない。でも、痛めてしまえば飛べないハズね。

リエトが槍でドラゴンを引き付けている間に羽の付け根に攻撃し、傷を与えた。飛ぶことは阻止できそう。ドラゴンが手を振り上げてリエトを狙ったところで、ルチアの魔法。

「揺るがぬもの、支えたるもの。踏み固められたる地よ、汝《なんじ》の印たる壁を打ち建てたまえ。隔絶せよ！　アースウォール！」

ドラゴンの手は魔法でできた土の壁を壊すだけになり、リエトは無事だった。

カステイスが矢を放ち、竜の顔や腹に矢が刺さる。

確実にダメージを与えていく。そしてまた竜のブレス！

今度は私がスーフルディフェンスを唱えた。

「大丈夫よ！　この調子で倒せるわ！」

とにかく皆を鼓舞しなきゃいけない。カスティスは頷《うなず》いてから、すぐに左側の岩山に視線を巡らし、張り詰めた様子で声を荒らげた。

「イヴェット、急いでとどめを！　何か近づいてくる……！」

「チッ……！　行くわよ、リエト！」

ブレスが途切れると同時に、攻勢に移る。

まっすぐに駆けて勢いのまま突っ込み、腹に剣を振り下ろした。

リエトは攻撃してくる腕を槍で狙ったが、振り払われて岩まで飛ばされた。背中を打ち、その場に蹲《うずくま》る。

危なかったけど、カスティスの放つ矢が竜の首を貫いた。痛みにのけ反ったところに剣を突き刺して炎魔法を叩き込み、倒すことができた。

ルチアが駆け寄り、リエトの回復をしている。

しかし喜んでいる暇はなかった。黒い、大きな生き物が岩山の向こうで、ゆっくりと動いている。

蛇型のわりに体が太く、厚い皮膚をしたその正体は……。

今にもブレスを吐こうと予備動作を開始した、黒い巨大な龍！

「ヨ……ヨルムンガンド……、上級の闇のドラゴン……‼」

カスティスが叫ぶ。

絶望的だ。こんな相手……。四元の属性、土水火風のドラゴンよりも倒しにくい。

闇と光は、それらの上位属性にあたるのだ。ここにいつものパーティーのあの二人がいたら、せめて逃げるくらいは可能だったろう。

強大なヨルムンガンドの口が大きく開かれ、黒くおぞましいブレスを浴びせてくる。

防御も間に合わない、もう終わりだ……！


「スーフルディフェンス！」


ブレスの防御魔法を唱える、女性の声。

パアッと光の壁が私達の前に発生して、ブレスは完全に防がれた。

まさか、上級ドラゴンのブレスを一人で完璧《かんぺき》に⁉　他の三人も、唖然《あぜん》としている。

「へえ、ヨルムンガンド。これは……厄介だね」

「残念であったな、これはドラゴンティアスは採れぬぞ」

「え、ダメなんですか⁉」

「闇属性ドラゴンのものは、汚染されておるのだよ」

あの三人だ。異変に気付いて駆け付けてくれたらしい。しかし女はなぜ、ドラゴンの素材ばかり気にするの。倒さなきゃ採れないわよ……。

「貴方達、き……来てくれたの⁉」

ルチアが震える声で叫んだ。彼女が驚くのも無理ないわ。上級のドラゴンが出現したのでは、普通なら仲間を置いても逃げるような状況だ。

「……僕達を置いて逃げても、誰も責めない。犠牲は少ない方がいい！」

カステイスはAランクの矜持《きょうじ》もあるし、簡単に助けてとすがれないんだろう。

「置いていくなんて、とんでもないですよ。では補助魔法を掛けます」

そう言って女性……イリヤと名乗っていた、彼女は攻撃力増強の魔法を詠唱した。てっきり攻撃魔法を使うかと思ったわ。

「旗を天に掲げ土埃《つちぼこり》をあげよ、大地を踏み鳴らせ。我は歌わん、千の倍、万の倍、如何《いか》なる軍勢にもひるまぬ勇敢なる戦士を讃《たた》える歌を！　エグザルタシオン！」

「お～、これがイリヤ嬢の魔法の効果！　さすがだね」

ベリアルという悪魔は空中から、エクヴァルというDランク冒険者は左側に展開して、ヨルムンガンドに立ち向かう。

その間にイリヤはまた魔法を唱えていた。私は初めて聞く詠唱！　カステイスを見たが、彼も知らないようで、首を横に振った。

「原初の闇より育《はぐく》まれし冷たき刃よ。闇の中の蒼、氷雪の虚空に連なる凍てつきしもの。煌《きら》めいて落ちよ、流星の如く！　スタラクティット・ド・グラス！」

ヨルムンガンドの頭上から巨大な一本の氷の柱が出現し、鋭い先端が龍の背を刺し貫く。

「フグァァァア！」

痛みでヨルムンガンドが叫ぶ。何て攻撃力の魔法！

ベリアルは巨大な龍の鱗をやすやすと斬り裂き、背中の羽を切り取ってしまう。

エクヴァルの方は腹に剣を振ったと思えばすぐに返し、瞬く間に二度三度と斬りつけていった。

動きが速過ぎて、私にも追い切れないほど。

「何をしているの！　カステイス、矢で手を射つのよ‼」

あまりの状況に呆然《ぼうぜん》としてしまったカステイスに、イリヤが活を入れる。

龍の手がエクヴァルを狙っているのだ。

「す、すまない！　すぐに援護する！」

さすがにAランク、流れるような動作で矢を番《つが》えて放つ。私もエクヴァルという男の援護をすべく、近くへと駆けた。

「いいね、楽しいね！　これでこそ戦闘だ！！！」

……エクヴァルのヤツ、笑ってる。こいつはヤバイ。これからは関わらないようにしよう。

ボンボンと炎が爆《は》ぜる音が続く。これはあの、ベリアルという悪魔の仕業だ。剣で攻撃しつつ、火をまき散らしている。

イリヤはカステイスに矢で顎《あご》を射つよう指示し、ブレスを使わせないようにしている。ルチアにも顎を魔法で狙わせ、自らはストームカッターでヨルムンガンドの首を斬り裂いた。

あれは中級魔法のわりに威力が強い方だけど、そんなものじゃない。おかしいくらいの切れ味だ。

「攻撃を中止！　こちらに一旦《いったん》退避‼」

イリヤが声を張り上げると、跳んで龍の腹を斬りつけたエクヴァルが、空中で体勢を直して腹を蹴《け》り、そのまま彼女の方へ飛ぶ。器用な男ね。私もすぐさま戻った。

またブレスに対して、固まって防御魔法を使うのかしらと考えていると、地面でくゆっていた火が再び赤く燃え、火を繋《つな》ぐように朱色の線が走る。

そしてヨルムンガンドを囲み、一気にマグマのような紅蓮《ぐれん》が地面から噴き出して、上位の龍を激しく焼くではないか！

どういうこと！　何の魔法⁉

オレンジ色に照らされて、ベリアルがふわりとイリヤの横に降り立つ。

「準備を終えると、よく解ったものよ」

「一度見ておりますから」

「一度で発動のタイミングまで読まれるとは……」

ため息をついて髪を掻《か》き上げるベリアル。どうやら、自慢の技を簡単に見抜かれてしまったのね。

確かにそれはショックだわ。

恐ろしい龍《りゅう》ヨルムンガンドは、これで完全に倒せた。ある程度弱らせてからとはいえ、鱗《うろこ》まで丸焦げだわ……。なんて威力なんだろう。

倒れたヨルムンガンドの後ろには鱗が数枚落ちていて、これも持って帰ることにした。

「……あ！　申し訳ありません、緊急事態だったもので、呼び捨てにしてしまって！」

突然イリヤが頭を下げる。

「変なことで謝るのね。誰も気にしてないわよ？　これからも呼び捨てでいいわ」

「こちらこそ助かりました！　ありがとうございます」

私とルチアがお礼を伝えると、なんだか照れくさそうにしている。おかしな娘。

でも、戦闘も指揮を執るのも、慣れているのかも知れない。軍と関わりのある娘なのかしら。

「じゃあこれ、ヨロシク！」

落ちていた鱗を拾ったエクヴァルが、私達にそれを渡してくる。

「君達が倒したんじゃないか！　これは受け取れない。他の二人だって、どう思うか……！」

カステイスの反応も、もっともだ。しかしエクヴァルは愉快そうに笑っている。

「いやいや、実はちょっと訳ありで。ほんとは目立っちゃダメなんだ。だから、こうやって押し付けるつもりでね」

なるほど。チーム分けしたのは勝手だし、鱗の依頼は皆で完遂した、ティモに渡すのは私達。それでいいのね。それにこのメンバーなら、達成されても私達の手柄だと他の人は考える。

ハナから勝負なんてするつもりもないいんじゃない。

「そうね、それでいいんじゃないかしら。私はベリアル殿が倒した龍の髭《ひげ》なんかの素材が手に入ったし、十分ですよ」

「我は関心がないな。好きにせよ」

ベリアルは周りを見渡していた。次の獲物が欲しいとか、考えてないでしょうね……。

なんだろう、このフリーダムな三人組！

とりあえず、ヨルムンガンドの鱗は全て私達が受け取り、フェン公国での宿代なんかを支払う約束をした。そんなものでは全然足りないのに、イリヤはわりと嬉《うれ》しそうにしてる。

「……いてて」

背中を打ち付けたリエトが、痛そうにしていた。ルチアに回復魔法を使ってもらっても、まだ治りきらなかったみたいね。するとイリヤが白い瓶を取り出し、患部を出すように告げる。

「痛み止めです、塗っておきましょう」

「では、同性の僕が」

カステイスが軟膏《なんこう》を受け取って青黒くなっている患部に薄く塗り、瓶を返した。

その瓶を目にしたエクヴァルが瞬きを繰り返し、次の瞬間苦笑いを浮かべている。

「イリヤ嬢……それって」

「お薬ですよ？　痛みは引きます」

にこにこしてるけど、何？　何の薬？　おかしな薬じゃないでしょうね！

いや、そんな娘には見えないけど……！

リエトはすぐに痛みが弱くなったと喜び、私達は岩山を降りて町へ向かった。

フェン公国はマナポーションの輸出や、魔法関係が主な産業。

山に近い、この国で二番目に大きな都市、グリナンスンで一泊することにした。

◆◆◆

ようやくグリナンスンに到着した頃には、日も暮れかけていた。

門には数人が並んでいる。順番がきたので私は商業ギルドのカード、皆が冒険者ギルドのカードを出し、門番が確認した。

「なんと！　Aランクの冒険者二人とBランク二人、Dランクと悪魔の方、それにチェンカスラーの……ほう、上級の魔法アイテム職人さんですか。お若いのに皆さんご立派ですな！」

「え！　あなた、アイテム職人……！？？」

「魔導師とかじゃないの⁉」

一緒にいた冒険者の四人が四人とも驚いている。そういえば伝えていなかった気がする。

登録したばかりなのに、ギルド長がギルドランクを上級に上げてくれたんだよね。この上のマイスターランクになるには、ギルドや町への貢献とか、功績が必要らしい。

「知らないで一緒にいたんですか？」

門番が笑っていた。

ベリアルも契約しているなら大丈夫というだけで、問題なく町に入れた。

ここは石畳の道にキレイな建物が並んでいて、屋根の色がカラフルで可愛《かわい》い。魔法関係に強い国らしいし、珍しい素材や魔導書とかは置いているかしら。アイテムのお店を覗《のぞ》きたいし、アレシア達にお土産も買いたいな。美味しいものもあるといいな。

宿代は出してもらえることになったので、一緒に彼らが部屋をおさえている宿へ向かう。さすがに高ランク冒険者、なかなか豪華な外装だ。人数が変わるので部屋を変更し、置いてあった荷物を移動してもらった。

せっかくだからお話もしたい。

女性三人が同じ部屋で、男性は三人が一緒、ベリアルだけ別の部屋。彼は一人部屋じゃないと怒る。寝る時に部屋に他人がいるのが、嫌なんだとか。

女性用の部屋は広くて二部屋に分かれていて、それと別にベッドルームと、洗面所までついていた。メインの部屋にはソファーセットがあり、机や荷物を置く台もある。そっと飾ってある調度品も可愛らしい。広い窓のカーテンの隙間から見える、薄闇に染まる空に満月が浮かんでいた。クローゼットにローブを掛けて、テーブルの上に準備してあった飲み物を頂きながら、ソファーに身を沈める。

「落ち着くわ……」

「ていうか、ちょっと！　イリヤ、貴女のコート‼　これ、すっごいローブじゃない。やっぱり魔導師でしょ！」

黒髪ショートのイヴェットだ。さすがに魔法剣士でAランクともなると、皆こういう装備を見たらすぐに解っちゃうのかな。

魔導師っていうのは、魔法使いの上位版みたいなイメージかな。本当は明確な基準があったんだけど、曖昧《あいまい》になってきている。

「ん～……、今は魔法アイテム職人で間違いないですよ」

「今は、ね……」

赤茶の髪の魔法使い、ルチアが乾いた笑いをする。ローブを脱いだ彼女はわりと薄着で、黒いタンクトップにひざ下までのスカート姿。荷物からカーディガンを取り出して、袖《そで》を通した。

「私が作った軟膏をお使い頂いたじゃないですか」

「え、アレ貴女が作った薬なの⁉　リエトはもう痛みがない、あざも何も残らないって感心してたわよ」

「そうなの？　アレ、売ってもらえない？」

イヴェットが真剣な目で、こちらに詰め寄った。

「すみません、アレは手持ちしかないんですよ。材料が揃《そろ》わなくて。残りは差し上げますから、二人で分けてください。もっと効果の弱いものでしたら、お譲りできますよ」

私は白い瓶に入った軟膏の残りと、痛み止め効果があり、打ち身などにも効く別の軟膏を出した。

さっき使ったのはアムリタ軟膏。コレもなかなか材料が揃わない、最上級の回復アイテム。

被験者と一緒にいられるから使ってみたんだけど、さすがにすぐに回復したわ。

打ち身はポーションだと治りが悪いのだ。ポーションは切り傷に、特に効果がある薬。

だいたいの材料費だけ請求したら、そんなに安い品じゃないでしょうと、逆に注意されてしまったぞ。代金の設定は難しい。夕飯も奢《おご》ってもらう約束をして、軟膏を二人に二個ずつ渡す。アムリタ軟膏は別の容器に上手く半分ずつに分けて入れ替えていたので、容器だけ返してもらった。

夕飯は宿の近くにあるお店で、男性陣と合流して皆で頂く。

メニューからイヴェットが適当に注文している。肉を甘辛く味付けして焼いたものや揚げた鶏肉、野菜サラダを頼んでテーブルの中央に置き、取り分けるスタイルだ。

パンはかごに入った数種類から選んで、三種類のジャムの中から好きなものを使える。

皆かなり肉を食べる人達だったから、私とルチアはちょっと驚いてしまった。

「料理は一人分ずつ並んでいるイメージですので不思議なスタイルですけど、なんだか楽しいですね。こういうお食事」

パンをとって小皿に置き、ベリーのジャムを掬《すく》った。スープも美味しい。

「……上品だよねえ、そっちの三人。貴族とかお金持ちの家の人だったりする？」

イヴェットが頬張りながら喋《しゃべ》る。彼女はBランクから受けさせられる、マナー講習があまり得意ではないそうだ。

「まあ、慣れもあるんじゃないかな？」

軽く笑うエクヴァルは、多分人間メンバーの中で唯一の貴族。

「僕もマナーは苦手で……」

「私もです」

「同じく」

カスティス、ルチア、リエトも続く。解る、私も大変だった。ここで苦労する冒険者は多いらしい。いきなり貴族にも通じるようになんて、難しいよね。

「ところであの、ヨルムンガンドにとどめを刺した技は何でしょうか⁉」

カスティスが興奮を抑えきれない様子でベリアルに尋ねた。あの威力、気になるんだろうな。

「……なんであったかな？」

ベリアルが誤魔化している。意地悪いなぁ。

「アレは起動の術式を収めた火を等間隔に置き、魔力を通して回路を結び範囲を決定して、マグマのような業火を一気に起こす呪法です。発動の言葉は……」

「待てっ！　我が説明するわ、言葉は教えるでない！　むしろ聞こえておったのか、そなた⁉」

おお、慌てた。自慢げに説明したいんだろうな。しかし言葉は秘密だったのか。どうせ唱えたって、仕込んだ本人以外には起動させられないのに。

「いえ、術式などから判断したので、答え合わせしたいなあと……」

「せんわ！！！」

私達のやり取りを皆が笑って眺めているけど、エクヴァルだけは目が笑っていない。

「……油断ならん小娘め。まあ、だいたいこやつの説明は正しい。あまり広い範囲は指定できんし、相手が動いて範囲から出てしまうとやり直しせねばならぬという欠点はあるな」

私に余計なことを喋られると困るとでも焦ったのか、ベリアルはマイナス面を説明した。その後もドラゴンや魔法の話で、大いに盛り上がった。

上級の闇属性ドラゴン、ヨルムンガンドの鱗が手に入ったからもう帰るのかと思ったけれど、明日もドラゴン退治に行く予定らしい。勝負の続きをしようと話しながら、宿へ戻った。


まだ寝るには早い時間だわ。買ってきた飲み物を各々《おのおの》で用意して部屋のソファーに座り、お喋り大会の開幕よ。

「イリヤはいいよね、女性らしくて」

「そんな、私は料理とか家事とか、あまりできないんですよ。掃除はともかく」

「料理はできそうだと思ってたわ。意外よね」

ルチアには私が家事全般が得意そうに見えていたらしい。実は家も買ったのに、ほとんど料理をやっていない……。

「料理をするならアイテムを作るか、魔法を研究する感じなので。むしろ家事をするのは、時間がもったいないかなって」

「……確かに、そのくらい犠牲にしないとできない領域な気がする」

イヴェットがうんうんと頷《うなず》く。納得されるのも微妙なような……。

ルチアは裁縫も料理も上手。そしてイヴェットは料理ができる。ただし主に野営で食べるようなもの、だそうだ。どういう生活をしてるかが窺《うかが》えるね。

「ところであのエクヴァルってヤツ、ちょっとヤバくない？　ヨルムンガンドと戦いながら、楽しいって笑ってたんだけど」

「それはかなり引くわ……」

ヨルムンガンドと戦っている時、イヴェットはエクヴァルの援護に向かってくれたんだっけ。イヴェットはビール、ルチアはココアを飲んでいる。

「そうですか？　ベリアル殿もドラゴンが出ると狩りだと喜ばれるんで、違和感はないですね」

「アンタらは全員、感覚がおかしいのよ」

私まで入るの⁉　イヴェットの視線が冷たい！

「そんなことないです！　私も薬の素材にならない竜は、楽しくないです！」

「なれば楽しいんじゃないの……」

ルチアまで肩をすくめないで！

とにかく話題を逸らさねば……、話題……。ハーブティーをこくりと飲んで考える。

「と、ところで！　この辺りの特産品をご存知ですか？　初めて来たので、何も知りませんで」

二人はジトッとした目で見ていたが、何故か同時にぷっと笑った。

「また薬になる素材でしょ？　それならガオケレナの実なんて欲しいんじゃないかしら？」

ルチアが答えてくれた。ガオケレナ‼　それは本当に欲しい！

上級以上のマナポーションを作る際、必要になる。上級は代替品で作ることも考えていたけど、あるなら是非とも欲しい！　四大回復アイテムの一つ、ネクタルには欠かせない。

ガオケレナは男性の手の平くらいの大きさをした実で、木の高いところに生《な》る。香りはちょっと甘い感じで、薄い茶色の皮は厚い。マナが豊富な場所でしか採れない。特産なのね。

そういえば、山脈がまっすぐ続いていたわ。この国に大地の気のたまり場、龍穴《りゅうけつ》があるんだわ！

イヴェットが詳しく教えてくれる。

「もう少し南の町で売ってるわよ。採取場所を国が管理してて、特別な管理資格を持つ人か、騎士団か、この国と契約してるBランク以上の冒険者だけが採取できるの。これの輸出は国策だから、徹底的に制限されてるみたいね」

上級以上のマナポーションに必要なうえに、近隣諸国でも採取できる場所はあまりないらしく、この国の重要な交易品にもなっているようだ。購入に制限とかあるのかな……、買う時に確認しよう。

そういえば今回の三組は、全員男女の組み合わせなのだ。しかし誰も恋人同士ではなかった。ただ、イヴェットはカステイスを好きなようで、自分が女らしくないことで悩んでいるという。

残念ながらその相談に、私は乗れない。エリクサーを作るよりも難しい問題だ。

楽しい時間が続き、ベッドで灯りを消してからもまだ起きていた。

明日ももう一日、ドラゴンの住む岩山に行く予定。

今度こそドラゴンティアスが採れる、上級ドラゴンに会えますように。


次の日。

朝食を食べ終えて出掛ける準備をしていると、外で慌ただしく動きがある。やたら話し声もしているし、なんだろうと皆で不思議がっていたら、扉がノックされた。

宿の人が焦った様子で顔を出す。

「お客様、先ほど軍事国家トランチネルが国境付近に兵を展開し、侵攻を開始したとの情報が入りました。この町まではまだ距離がありますが、南には向かわないでください」

「トランチネルが⁉　戦争になるのっ……！」

イヴェットが思わず大きな声を上げる。まさか、戦争が始まるなんて！

宿の人は全部の部屋に触れ回っていて、言い終わると隣の部屋へ移った。続けて、男性メンバーがこの部屋に集まる。

「……すぐに帰るか。戦争に巻き込まれたくない」

Bランクのリエトとルチアは、このまま帰国するらしい。

「僕達も帰ろう」

「ええ。このことを、チェンカスラー王国にいち早く伝えねばならないわ」

Aランクのカステイスとイヴェットも一緒に帰国。ドラゴンの鱗《うろこ》の採取は中止だ。

私達はまだ相談するからと、四人には先に発《た》ってもらった。

三人になってから、エクヴァルが徐《おもむろ》に口を開く。

「これは、憂慮すべきだね。フェン公国が併合されれば、軍事国家トランチネルは、次はチェンカスラー王国に手を伸ばすだろう。フェン公国がここに存在することは、チェンカスラーにとって重要事項だ。もし戦争に突入する危険があるようなら、チェンカスラーからの避難も提案するよ」

……来たばかりなのに、エクヴァルはいつ調べたんだろう。情勢にも詳しいのかな。

「……我への供物は、竜だけではないぞ？」

おおう。ダメですよ、それは。その楽しそうな顔、やめてください。

「とりあえず……、様子を見に行ってみましょうか。まだ本格的に開戦していないでしょうし。できればレナントに住み続けたいから、確認をしたいです」

「……本当は一人で行くつもりだったし、ついて来て欲しくないけど、賛成する。両国の軍事力は把握したいしね。君から目を離したら、勝手にもっと危険なことに突っ込んでいきそうだ」

エクヴァルの立場からすると、私には偵察にも関わらないで欲しいようだ。けど、止めたら暴走するみたいな言い方はどうかと思う。


まずは南の国境付近を、山脈から臨む。

国境には壁があり、軍事国家トランチネルの軍はその近くまで迫っていた。フェン公国の兵の五倍以上の軍勢で、どう考えてもフェン公国が不利だろう。

フェン公国とトランチネル、その両国の隣に位置する広大なノルサーヌス帝国は、フェン公国の同盟国で関係も良好。しかし現時点で、この戦場に援軍は見受けられない。宣戦布告もなかったようだし、衝突が起こりそうだと、まだどの国も気付いていないのかも。

ノルサーヌス帝国の反対側の国境は山脈が続いていて、隣国といっても遠くなる。


魔法による応酬は行われていたらしく、魔法部隊に動きが見えた。

フェン公国からの広域攻撃魔法をトランチネルが防ぎ、応戦した感じかな。

フェン公国側はマナポーションによる補給をしている。しかし、魔法使いの数がトランチネルの半分にも満たない。厳しそうな状況だ。

隣から覗《のぞ》き込むエクヴァルにもフェン公国が不利に映っているようで、険しい表情をしている。

「フェン公国はガオケレナが特産で、上級以上のマナポーションが豊富に作れる。魔法使いを育成するにはいい環境だ。トランチネルは魔法の対策をしっかり練って攻めてきたに違いない」

なるほど。さらに続くエクヴァルの説明。

詳しいなあ、私より後にこっちに着いているのにな……??

「フェン公国はもともと、軍事国家トランチネルから離反した公爵が独立して興したのが始まりの国だから。国土に関しては、トランチネルの四分の一もないし、力の違いは致し方ないかな。これまでフェン公国が独立を保てたのは、ガオケレナやマナポーションという特産品による交易と外交、強大な魔導師とマナポーションが可能にさせる広域攻撃魔法による防衛があったからみたいだね」

つまり広域攻撃魔法が防がれて町に進攻されてしまえば、勝ち目はないってことね。

「ところで、トランチネルってどんな国か知ってる？」

「軽い知識くらいなら。軍事国家トランチネル。何十年か前、軍の元帥がクーデターを起こして国王を弑逆《しいぎゃく》し、政権を手に入れた。フェン公国はトランチネルの領土から独立していたからね、併合されれば圧政に苦しむことになるだろう。今でもトランチネルの国民は、軍の独裁で自由を奪われているという噂だよ」

酷い国なのね。そんな国にガオケレナの産地が奪われたら、独占されてしまうのでは⁉

もしフェン公国が負けて、トランチネルがチェンカスラーまで攻めて戦争に突入したら。

私の家があるし、私はそれでも避難すればいいいかも知れないけど、アレシアやあの国に暮らす人達が、逃げられずに蹂躙《じゅうりん》されでもしたら……。無関係ではいられないわ！

「……私、フェン公国に助勢したい。広域攻撃魔法を唱えます」

「それは楽しみだ。見てみたいね、君の広域攻撃魔法」

「狩りの心地良い気分を台無しにされたのだ、思い知らせてやると良い」

それが理由なのはちょっと……！

私はしっかりとトランチネル側の陣営を確認した。

魔法使いがいくつかの部隊に分かれて展開している防御魔法は、それまで何度か広域攻撃魔法を防いだせいか、綻《ほころ》びを感じる。この後自分達が行う魔法攻撃を想定しているからなのか、今のところ掛け直したり強固にする措置は取っていない様子だ。

攻撃班は防御には加わっていない。

指揮が雑なんだろうな。私だったらこんなバランスの悪くなった防御魔法を、展開したままにはしない。人数だけ揃えたような印象だ。

「範囲が広いとはいえ、歪《いびつ》な防御魔法の展開をしていますね。これまでの防衛で弱まっていますし、これなら掻い潜るのは簡単です」

「……さっすがだなあ、イリヤ嬢」

エクヴァルは笑顔だけれど、瞳《ひとみ》は真剣に私を捉《とら》えている。彼が私達の力を測りたがっていると、ベリアルが言っていたな。やはりその通りみたいね。


「下なるもの、横たわるもの。全てをその掌に乗せし大地よ。長き眠りより解き放たれたまえ。諸《もろ》人《びと》は振動の前に平伏《ひれふ》すのみ！　突き上げよ、地響きを立てて亀裂よ走れ！　行き場なき者達よ、恐怖のうちに打ち震えよ！　アースクウェイク！」


詠唱が終わった直後、軍事国家トランチネル軍の陣営に突き上げるような振動が走った。続いて大きく地面が揺れ、立っている者はいないほどになる。人は死なないよう、まずは防御魔法を壊すように意識した。そして武器を積んだ荷車を壊す。

トランチネル側の防御魔法は弱くなっていて、特に下方の守備がほぼできていない状態に陥《おちい》っていた。大地から起こるタイプの土属性魔法に対する抵抗は、かなり薄くなっていたのだ。

なので、まずは土属性を選んだ。

トランチネル軍からは、悲鳴と指揮官のものらしき怒号が飛んでいる。揺れの混乱で魔法使い達が魔力の供給を怠ってしまい、魔法による防御は全て崩れてしまった。

「防御魔法が切れたわね。風の魔法でも使っておこうかしら」

中級のマナポーションを飲む私を、エクヴァルが何だかおかしな表情で眺める。このくらいの魔法なら、エグドアルムの宮廷魔導師なら誰でも使えるし、驚くこともないのに。

むしろ色々見たいんじゃなかったんだろうか。それに本当ならもっと地面に亀裂が入ったりするので、少しは防御されて効果が弱まっているよ。

空《から》になったマナポーションの瓶をアイテムボックスに仕舞った。気を取り直して次だ。


「吹雪をもたらせ風巻《しまき》、黒風の砂塵《さじん》よ空間を閉鎖させよ、激しく荒れ狂え野分き、四方の嵐よ災いとなれ！　四つの風の協演を聞け、ぶつかりて高め合い、大いなる惨害をこの地にもたらせ！　デザストル・ティフォン！」


効果範囲内に、雪と砂が混じった暴風が吹き荒れる。地震に続いて四方から猛る嵐が襲い、兵達が自身を守ろうと身を縮めた。

トランチネル陣営では統制が崩れ、色々なものが飛び散り、人も武器も馬も、薙《な》ぎ倒《たお》された。土でも上位にあたる地震の魔法に加えて、風の上位魔法を唱えたのだ。どんなに統率の取れた軍隊であろうとも、マトモに喰らえば混迷を深めるのは仕方がない。

ましてや魔法の効果範囲内は砂や雪まで飛び交い、視界もかなり悪くなっている。状況の判断すら難しいだろう。

「どういうことだ⁉　フェン公国側からは、何も仕掛けられていない……！」

「もしや、別動隊でしょうか⁉」

「だとしたら、どこから……」

悲鳴や暴風の間に、大声でそんな会話がされているのが届いた。

そろそろ退避した方がいいかな？

防ぎ切ったと油断したところに広域攻撃魔法を使われ、かなり動揺している。死者こそほぼ出ていないものの、負傷者は多いだろう。

この間にフェン公国側は態勢を立て直して、迎撃の準備を済ませている。魔法使い部隊はすぐにも詠唱に入れるよう、指揮官の下で一糸乱れぬ列で待機。

弓兵達が並んで、トランチネル軍に一斉に矢を射かけた。

軍馬が嘶《いなな》き、より混迷を深めるトランチネル兵。血を流した兵が衛生兵をと騒ぐ。

「この状態ならば、立て直しも楽ではなかろう」

ベリアルがそう言うなら、大丈夫に違いない。それにしても上機嫌だな。

「もうフェン公国の兵で守れますね」

武器が飛ばされて手元にないんじゃ、兵士は戦えないし。フェン公国側に落ちたものなんて、簡単に拾いには行けない。

これならトランチネルは、戦闘継続の判断はしないかな。このまま退却してくれるといいなあ。嫌がらせはできたし、ガオケレナを買って帰りたい。

「いやあさすが……、土の次は風、反対属性で攻めるとは。しかも効果範囲も広い。そのうえまさか軍の防御魔法を破って、ここまで効果を発揮するとはね……」

「お気に召したようで、良かったですよ。でも、これまでのフェン公国からの攻撃魔法があったから、効果があっただけよ」

どうやらエクヴァルの予想を超えた威力だったらしい。

「これは私も真面目に仕事をしないとね」

エクヴァルは言い終わると同時に斜め後ろの木を睨《にら》んで、即座に駆けながら剣を抜いた。振り返ってからそれまでは、ほんのわずかな間。

「……ひっ！」

短い叫びがして、木の後ろに人影があるのが分かった。

背中の真ん中ぐらいのえんじ色の髪を一つにまとめ、胸当てをした背の高い女性。その女性は僅《わず》かに後ろに下がっただけで、ほとんど動けずにいた。首元に灰色の剣を突きつけられて、硬直している。いつもと違うエクヴァルの剣呑《けんのん》な目つきは、今にも女性を殺しそうなほどに鋭いものだった。

「……何が目的だい？」

「あ、……私はアルベルティナ、フェン公国騎士団の顧問魔導師をしているの。トランチネルにかけられている広域攻撃魔法の発信源が、ここだと察知して……！」

それで偵察に来たのか。まあ注意してもバレるものなのよね。

軍事国家トランチネル側の人じゃなくて良かった。

「我々は目立ちたくないんだよね。どうするつもりかな？」

「……今回の功労者は貴方達だわ。勲章が与えられると思うのだけど……、報告をしない方がいいなら、私の胸に留めます」

「……どうする？　決めるのは貴女だ。私は貴女の護衛だからね」

エクヴァルはチラリと私に視線を送った。

いや、生殺与奪権を私に委《ゆだ》ねるのはやめて頂きたい。

「口外しないでくれるなら、それでいいです」

「……それなら言わない。内密に済ませるから、剣を引っ込めさせて……！」

やっぱり怖いよねえ！

私が頼むと、エクヴァルはすぐに剣を鞘《さや》に収めた。ベリアルならおどしだって見抜けるけど、エクヴァルはまだ付き合いが浅いから、ちょっと読めない。目は本気っぽい。

「一つだけ、質問させて。なぜ、トランチネルに攻撃を……？」

「……チェンカスラー王国に住んでいるからです。フェン公国がなくなると、困りますので」

それだけ答えて、私達はこの場を後にした。

「はあ……、ドラゴンの時と合わせて大きな魔法をいくつも使ったし、さすがに疲れが出るわ」

あの後、グリナンスンの町に戻るのはやめて、近くにある別の町で宿を探した。

この町も戦争が始まると混乱していて、出て行ってしまった人も多いらしい。宿はすいていたので、すぐに部屋を確保できた。

◆◆◆

ここはエジスという町。ガオケレナ、ここならあるかな？

朝の光が薄いカーテン越しに柔らかく差し込む宿の部屋で、コップに水を注いで椅子に座った。

買っておいたパンとサラダで朝食をとっていると、控えめなノックが聞こえる。

「……イリヤ嬢？　今朝は遅いけど、平気かな？」

エクヴァルだ。体調を心配してくれている。朝というには遅い時間だったか。

「おはよう、大丈夫よ。寝過ごしちゃったの。もう少ししたら行くから、準備をしておいてね」

「了解。疲れているなら、ゆっくりともう一泊してもいいんじゃないかな？」

「何言ってるのよ。ガオケレナを買えたら、すぐに魔法アイテムを作らなきゃ！」

一人でガッツポーズをとる私に、そうだねと笑いながら返事があった。

結局出発は十時過ぎになり、二人を待たせてしまった。

エクヴァルはその間に、ガオケレナを売っているお店を調べてくれていた。

で、現在はその素材屋の前。

手の平サイズの木の実、ガオケレナがたくさん売っている！　これはスゴイ！

一人十個まで買えるので、三人で合わせて三十個。

予想以上にお高い。ここに来る前にも道すがら高価な希少素材を買ってしまっているが、迷いはない。エグドアルムでも、こんなに一気にたくさん用意してもらえなかった！

喜び勇んで三十個のガオケレナをお店で買うが、私は知らなかったのだ。

国外への持ち出し制限があることを……！

お店の人に〝国外に行くのなら持ち出し許可証か登録証はあるか〟と、尋ねられた。

そういえば、〝ガオケレナの輸出は国策だから、徹底的に管理されてる〟と、教えてもらっていたのに……！

どこでどう使うかなど色々質問されているうちに、ちょうど巡回の兵士が店へ入ってきた。

「どうかしたのか？」

「いえ、こちらの方がガオケレナを国外に持ち出そうとしていまして……」

「……ずいぶんと、たくさんだな」

兵も眉《まゆ》をひそめる。どうやら、転売目的を疑われているようだ。自分で使うと訴えても、工房でもないのに数が多いんじゃないかと、信じてもらえない。

ううぬ……、気持ちとしては三十などでは足りないくらいなのに……！

「イリヤ嬢、商業ギルドの登録証を見せたら？　職人だという証拠があった方がいいだろう」

「なるほど……」

私がエクヴァルの助言に従い、ギルドの登録証を提示している時だった。

ガランと扉が開く。兵が集まって来たのかな、不審人物に思われているのかしら。面倒なことにならないといいなと祈りつつ振り向くと、なんと昨日の女性だ！

「貴女達は……、どうしたの？　困りごと？」

「アルベルティナ様。この者達がガオケレナを買って国外に持ち出そうとしていたのですが、持ち出しの許可証を所持していないのです」

アルベルティナの問いに、私のギルドの登録証を確認していた男性が、敬礼して答える。私は話がどう流れていくのか、ハラハラしながら見守った。

「なるほど。でもこの方達は、昨日の作戦の協力者なのよ。失礼のないようにして頂戴《ちょうだい》」

「なんとそれは……！　存じませんで、大変失礼いたしました‼」

兵士とお店の方が、一緒になって頭を下げてくれる。

アルベルティナは、騎士団の顧問魔導師と名乗っていた。この人達より、立場が上なのね。

「個人での国外への持ち出しは、一人二つになっているの。レナントの上級魔法アイテム職人、イリヤさんね。こんなに持てないでしょ？　残りは後で届けさせるわ」

「あ、いえ……アイテムボックスに入るので、できれば自分で持ちたいんです……」

「いいものを持ってるのね。これならバレないわね。では、渡しておくわ」

笑顔で渡されたガオケレナを仕舞うと、なぜかアルベルティナもガオケレナを買っている。そして私達と話していた兵士二人にも、貴方達も買いなさいと命じて、合計三十個を買っていた。兵士は手持ちが足りないから、ツケで。

「これは、貴女の自宅へ送っておくわ。お礼だと思って、受け取って」

「とても嬉《うれ》しいですが、そんなに気にされなくても……！」

「あのまま軍事大国トランチネルは撤退してくれたのよ。最大の功労者なんだから、遠慮しないの」

秘密ごとのように、こっそり耳元で囁《ささや》くアルベルティナ。

「そうなんですか？」

私も小声で答えた。これで平和になったのかな？

「もちろん、また侵攻して来る可能性もあるわ。今回のことを同盟国に周知してトランチネルへの警戒を強め、次はこちらも後れを取ることなく、協力して迎撃態勢を取ります。本当に貴女のお陰よ。ありがとう」

絶対に思い通りにはさせないと、アルベルティナは力強い笑顔で決意を新たにしている。

それにしても、ガオケレナがもらえるなんて嬉しいな。こればかりは持ち出し制限もあるし、お金だけじゃ、どうしようもないみたいだったものね。

私は何度もお礼を伝えて、この町を後にした。

閑話　エクヴァルの報告書

二階の部屋を間借りして、このチェンカスラー王国での仮の住み処とした。

エグドアルム王国から任務を帯びてこの町まで辿《たど》り着いた私、エクヴァル・クロアス・カールスロアは、壁に向かって置かれた木の机で報告書を書いていた。

まずはレナントの町にて渦中の人物、殉職したと思われていた宮廷魔導師見習いイリヤの、生存を確認。接触にも成功している。

エグドアルム王国への恨みなどは感じられず、むしろ郷愁を抱いているようだ。家族や、同僚であるセビリノ・オーサ・アーレンスを心配していた。家族に手厚い保護をして頂きたい。

それから宮廷魔導師長による、不正の証言について。エリクサーの作製を故意に隠匿《いんとく》したこと、討伐では実戦投入されていたのに、後方支援と報告されていたこと。ただし本人は平民出身で、それがおかしいとは気付いていなかった。他にもまあ、色々あるね。

欲しかった証言は取れたし、エリクサーの作製個数や、討伐に出陣した回数や内容も、覚えている範囲で聞き出した。これをまとめる。

あと報告すべき事柄は、と。

悪魔の爵位については不明で通す。彼女を守る意思があり、正しく契約している様子、と報告する。これで理解してもらえるだろう。


そして彼女の魔法について。

セビリノ・オーサ・アーレンスと同等か、それより少し上くらいを想定していたが、そんなものではない。今まで見た中でも最も優秀で知識が深く、強大な魔導師だ。宮廷魔導師とか、そういうレベルすら超えていると感じる。

魔法に関しては、詳しい者に調査を委任したい、と添えよう。私で判断するのは限界だよ。

広域攻撃魔法を全属性熟知していて、使用可能なのではないだろうか。かなり稀有《けう》な人材だ。普通は苦手属性だと使わない。確かに得手《えて》不得手《ふえて》よりも場面に合うものを、と選択していた。

回復魔法は苦手と話すが、それでも十分な腕を持つ。


召喚術は使っている場面を確認していない。

当たり前か、王と契約しておいて、他に誰を召喚するというのだ。


アイテム作製については、失敗がほとんどないと言っても過言ではない。天才的だ。

エリクサーのみならず、四大回復アイテム全ての作製が可能。

しかもドラゴンティアスを自前で用意する職人は初めて見た……。

そして私のドラゴン退治に、文句もこぼさずについて来る人間も初めてだ。だいたいお前はおかしいとか、ふざけるな、部下を動かせとか言われるんだが。

強い敵と戦うのって、楽しいと思うんだけどな？

むしろ素材の採取と言い放つ始末。悪魔ベリアルと共に、〝ドラゴンの岩場〟とか〝ドラゴンの住み処〟と呼ばれている岩場を、〝ドラゴンの狩り場〟と称していたな、そういえば。

しかも中級以上のドラゴンが出ると喜ぶ。気持ちは理解できるが……、あ、そうか。これが「戦ってる最中に笑うな、気持ち悪い」と私に怒った、同僚の気持ちに近いものか？

戦争にも首を突っ込もうとするし、実は私以上に好戦的なんじゃないか、彼女。

この辺りについては触れずに、接触したばかりだから観察を続ける、とだけにしておこう。


他に懸念しているのは、彼女は知識を惜しみなく与えてしまう、ということか。

魔法のみならず、アムリタまで簡単に使用したのには驚いた。残念ながら、一般常識に疎いのは確かだね。いくらなんでも、もうちょっと隠せと苦言を呈したい。野放しにはできない、誰かが監督する必要性はヒシヒシと感じている。

多少の配慮はあるようだが……、通信魔法を独自開発していた件もあるし、秘匿技術をそうとは知らずに教示してしまう恐れがある。少しずつ説明していかねばならない。

広域攻撃魔法に関しては、教えている様子がないので安心した。あれはだいたいの国で販売禁止にされていたり、指導資格を求められたり、勝手に教えてはいけない知識になっているものだから。

既にレナントの町に馴染《なじ》んで交友関係を築き、家も購入済み。エグドアルムに帰る意志は薄いだろう。

職業は魔法アイテム職人をしている。家に地下工房があり、アイテム作製も素材の入手も、問題ないようだ。販売ルートも確保されていて、とにかく楽しそうだね。

私は引き続きここに留まり、彼女の護衛と監視を続ける。礼儀作法は身についているし、可愛《かわい》いし、これは楽しい仕事になりそうな予感だ。

そちらも早く宮廷魔導師長の首根っこを押さえて、平和にして頂きたい。


「うん、こんなところだったかな」

あとは通信魔法で送れば終了。これがちょっと苦手なんだよね……。さすがに報告書を送ってなんて、頼めないしなあ。この魔法円《マジックサークル》を見ればできちゃうんだろうな、イリヤ嬢は。

カタン。

狭いベランダに黒いものが下り立った。小さな翼を広げた、コウモリだ。

「リニ。今開けるね」

窓を開くとスッと入って、部屋の中央で羽ばたきをした。そして頭にくるんとした羊の角を付けた、女の子の姿になる。猫とコウモリに変身できる、私の使い魔リニ。今日はコウモリだったね。

「エクヴァル、お仕事？」

「大丈夫、もう終わったから。家に入るのは平気になったかな？」

「王様、今はいないから」

リニはベリアル殿を恐れているから、彼がいる時はこの家に入らない。そのうち慣れてもらわないと困るね。まだ一階にも近付けないくらいだ。

「まあ徐々にだね」

「王様と契約している人間、初めて見たよ。エクヴァルのお仕事、大変……。気を付けてね」

「ありがとう、リニ。万全を期すよ」

不興《ふきょう》を買ったら命を落とすだろうからね……。本当に肝に銘じておこう。

「うん。それでね、商業ギルドの周りにいて、皆のお話を聞いていたの。王都にいる公爵様が魔法好きで、アイテム職人も気に入れば支援してくれるんだって。職人達が目通りできないかなって、話してた」

「魔法好きの公爵……、それは接触してくる可能性が高いな。ありがとう」

私は引き出しから薄い小さな箱を取り出し、リニに渡した。リニは紫の瞳《ひとみ》を輝かせながら受け取り、すぐにフタを外す。

「お花の形のクッキー！　おいしそう……、ありがとう、エクヴァル」

「この町の美味しいケーキ屋さんを調べておくよ。今度一緒に行こう」

「本当……？　お仕事、頑張るね！」

嬉しそうに一つを取り出し、口に含んだ。リニは甘いお菓子が好きなんだ。

「それでね。悪いけど、危険な仕事を頼みたい」

「危険？」

「……南にある、軍事国家トランチネルを調べて欲しい。戦争の兆しがあるのなら、早めにこの国を出ることも考えたい。上手く彼女を誘導しないとならないな……」

もしイリヤ嬢がここにいる時に開戦したら、ベリアル殿はどう動くのだろう……？

私にも全く読めない。彼女は人を殺したくない様子だった。だが悪魔にとっては本来、人の命など軽いもののはず。

「わ、分かった！　任せて！」

リニは箱をしっかり抱えて、力強く頷《うなず》いた。

「無理をしないように。異変を感じたら、すぐに戻るんだよ」

「うん。行ってくるね」

再び窓を開けて、今度は猫の姿になった。

あ、猫は箱を持てないね……！　箱の前で黒猫のリニが項垂《うなだ》れている。

女の子の姿で、手に持って玄関から出ればいいのになあ。すぐに持ち手のついた、小さな紙袋を用意する。嬉しそうにニャアと鳴くと、銜《くわ》えて屋根へと飛び移った。

二章　公爵閣下の庇護《ひご》

フェン公国からレナントの自宅に戻って、数日が経過した。

到着後、エクヴァルは私達が採った分の鱗《うろこ》を、ティモに届けてくれた。実はヨルムンガンドが出る前に、中級を全部で三体狩っていたのだ。ドラゴンティアスも手に入れたよ！

蛇タイプの龍《りゅう》はドラゴンティアスがないことが多く、代わりに髭《ひげ》や爪が素材になる。ヨルムンガンドにはドラゴンティアスがあるらしいのに、闇属性だからダメだった。

髭も焼かれてしまったし、あれは残念だったな。

私はというとガオケレナを入手できたので、大喜びで上級とハイマナポーションを作った。楽しくて一日なんて、あっという間に終わっちゃうわ。

四大回復アイテムの一つ、ネクタルの素材にもなるガオケレナがあるのに、作るにはまだ素材が足りていないのは残念だ。そもそもあまりネクタルって使わないのよね。

マナポーションの最高峰、ネクタル。これは魂の欠損を治す効果がある。しかし魂はそんなに欠損するようなものではない。回復もせずに強い魔法を使い続けたり、魂にまで効果を及ぼす魔法や呪いを使われない限りは、必要がない。

しかもそんな魔法も呪いもほとんど存在しないし、使い手も極端に少ない。他に危険なものは〝魔王の呪い〟だろうけど、かけられた人を見たことも聞いたこともない。

……かけられる人は、いつも隣にいるけど。

そんなわけで、ハイマナポーションまであれば十分なのだ。

ご満悦でのんびりとしていると、玄関の扉がノックされた。

「こちら、イリヤ様のご自宅でしょうか？」

「はい、私がイリヤですが……」

誰だろうと扉を開けて確認する。以前露店で宝石に魔法付与をさせてもらった、執事のような、姿勢のいい五十代と思《おぼ》しき男性だった。

「先日は素晴らしい魔法付与をして頂き、誠にありがとうございます。主人も大変喜んでおりました。つきましては主人が、お礼におもてなしをしたいと申しており、招待状を預かって参りました」

「まあ、これはご丁寧にありがとうございます」

手紙を受け取ってお辞儀をする。それにしても、きっと貴族だよね……。封筒には封蝋《ふうろう》がされており、白地にキレイなバラ模様の柄が入っている。

「主人は、ヘルマン・シュールト・ド・アウグストと申します」

「では公爵閣下であらせられますねぇ」

いつの間にか後ろから覗《のぞ》き込《こ》んでいた、エクヴァル。そしてなぜ知っている！

手紙を受け取り、お断りするわけにもいかず、三日後に伺うことになってしまった……。

気が重いなあ。私がソファーでため息をついていると、エクヴァルが紅茶のカップを私の前に置いて、向かい側に座った。

「大丈夫、その方は単なる好事家《こうずか》だよ。むしろ会っておくべきだ。庇護を頂いた方が今後、都合がいいだろう」

「……庇護？」

湯気の立つ琥珀色《こはくいろ》を、こくんと飲む。

「そっ。アウグスト公爵は魔法を好む方で、現在お抱えの魔導師の一人が、侯爵クラスの悪魔と契約されているそうだよ。何度も王宮から出仕を促《うなが》されたけれど、本人にその気がないと公爵が退《しりぞ》け続けて、王家でも手が出せないそうだ。つまり庇護を頂ければ、国や貴族への牽制《けんせい》になる」

「……なんか詳しいよね。最近レナントに来たばかりなのに」

「私は君の護衛だからね。脅威については、調べておいて損はない」

意外と仕事しているんだなあ。

でも、少し気が楽になった。それだったら嫌な思いをせずに済むかも。

◆◆◆

ヘルマン・シュールト・ド・アウグスト公爵の邸宅にお邪魔する日だ。

緊張するな……。ベリアルとエクヴァルも一緒に、三人で伺う。

王都まで飛行魔法とワイバーンで行くので、迎えの馬車はお断りした。

空から眺める王都は厚い壁に囲まれた大きな都市で、商業区と居住区が分かれている。中心付近に聳《そび》えるのが王城かな。その周辺が、貴族の邸宅が集まる区画。今回の目的地だ。

門から離れた場所へ下りて、王都に入る列に並んだ。兵はレナントより多い。

「次、身分と目的を」

「はい！」

私はレナントに住む魔法アイテム職人で、公爵からご招待にあずかったと告げた。証拠に商業ギルドの会員証と公爵からの招待状を提示すると、兵が目を丸くする。

「失礼しました、どうぞお通りください。お気を付けて！」

さすがに効果てきめん。後ろに並ぶ人が、スゴイ人だったのねと噂している。

街は活気があり、たくさんのお店が軒《のき》を連ねていた。ケーキ屋には新作の貼り紙が。アイテムや素材のお店もあるわ。初めて来たし、帰る前に観光もしたいな。フェン公国で買えなかった、アレシア達へのお土産を買おう！　楽しみが膨らむぞ。

「イリヤ嬢、こっちだよ」

お菓子屋さんを眺めていたら、うっかり道を間違えそうになった。危ない、ちゃんとエクヴァルについて歩こう。ベリアルは上から目線で見下ろしている。むむ。

貴族の邸宅が立ち並ぶ一画でも、公爵の邸宅は敷地が一際《ひときわ》広く白い壁に囲まれていて、紋章が刻まれた鉄の門は固く閉ざされている。

招待状を門番に差し出すとすぐに開門し、そのうちの一人が中へ案内してくれた。

立派な庭園に幾何学《きかがく》模様の花壇が配置されており、その奥に三階建ての大きな屋敷が鎮座《ちんざ》する。

通路は馬車が通れるように広く、きれいに手入れされた木や庭、中央にある噴水。まるで一枚の絵画のようだ。

玄関まで連れて行かれたところで、例の執事が姿を現した。

「ご足労頂き、ありがとうございます。主人がお待ちかねです」

邸宅の中へ進み、通されたのは二階にある広い応接間。二十人でも余裕で入れそう！

長いテーブルに椅子がたくさん並んでいて、中央にはローソクがあり、やはり長いテーブルクロスが敷いてある。

「失礼致します。到着されました」

正面にいる、執事より少し年下の、五十歳前後くらいの男性が公爵だろう。

入室時に礼をしたエクヴァルに続いて、同じようにお辞儀をして入っていく。

「ようこそ、イリヤさんと仰ったかな？」

「はい、イリヤでございます。この度はご招待頂き、恐悦至極に存じます」

「固くなる必要はないよ、私は魔法や召喚術の話が好きなんだ。そちらの男性が、悪魔の方かな？」

公爵はベリアルを興味深そうな瞳で、まじまじと眺める。

まるで、楽しいことを発見した子供のよう。

「私が契約している悪魔で、ベリアル殿と申します。そして……」

エクヴァルも紹介しようとすると、彼はニコッと笑って前に進み出た。そして跪《ひざまず》いて頭を下げ、口上を開始する。

「私は彼女の護衛をしている者です。不躾《ぶしつけ》ながら、公爵閣下にお願いしたき儀がございます。可能であれば、彼女を庇護して頂きたいのです」

「……庇護？　金銭的支援が欲しいのなら、腕を披露してくれれば、それに見合うだけするが？」

突然のエクヴァルの申し出に公爵は一瞬眉《まゆ》をひそめたが、ある程度は慣れているのだろう。不快感をあらわにすることはなく、そのまま会話を続けた。

「いいえ。彼女を貴族や王族、他国の干渉からお守り頂けるのは、この国において公爵閣下しか在らせられないと、愚考致しました。金銭的な援助は必要ありません」

お金は要らないということは、昨日話し合っておいた。この辺の交渉は全てエクヴァルに任せていいらしい。

「……先日の魔法付与からも優れた術師とは思うが、それほどかね？　他国の干渉とは、そもどういうことだ？」

公爵の問いかけを待ってましたと言わんばかりに、エクヴァルは普段はアイテムボックスに仕舞っている、自慢の剣を披露した。これは側近五人が皇太子殿下から、特別に賜《たまわ》った剣。

そして跪いたまま両手で前に差し出し、鞘《さや》の紋章を見せる。

「私はエグドアルム王国の皇太子殿下の親衛隊に所属する、エクヴァル・クロアス・カールスロアと申します。彼女は我がエグドアルム王国の、宮廷魔導師見習いをしていました。しかし出自が庶民であることから貴族である宮廷魔導師達に酷く冷遇され、この国に密かに亡命しているのです」

「なんと、エグドアルム⁉　本当ならばこちらから迎えたいほどだ！」

国を離れて解ったんだけど、魔法大国エグドアルムの名はかなり知れ渡っていて、しかも皆とてもすごい国という印象を持っている。他と比べたことがないから、私にはそこまでの実感はないわ。

「彼女は我が国のとある不正事件の生き証人でもあります。犯人の手が及ぶ可能性もあるので、私が護衛として遣わされているのです」

不正事件の生き証人……、その自覚はないなあ。確か、エリクサーを提出したのに秘密にしたから、だっけ。それだけで宮廷魔導師長を罷免できるとか。

権力に拘《こだわ》りそうな人だから、許せないのかな……。だったら隠さなければいいのに。庶民だって作れたんだから仕方ない。

「ふむ……なるほど。まずはその、宮廷に仕えていたという腕前を証明してもらおう。私は才気あふれた者に援助をするのは、一切惜しまない。それこそ、王家を敵に回しても守ると約束しよう」

……ん？　何を以《もっ》て証明するんだろう……⁇

悩んでいるとエクヴァルが、まずはエリクサーでしょと耳打ちしてくる。そっか、エグドアルムの宮廷魔導師っぽいよね。

「これは私が作製したエリクサーでございます」

私はエリクサーを一つ出した。しかし、実は効果を証明するのが難しいのだ。回復力は測定できるが、エリクサー特有の欠損部分の復元は、やってみなければ立証されない。つまり本物か確認する一番の方法は、誰かの腕や足を切り落して、再生するか確かめることなのだ。指でもいいよ。

「これが、ほう……」

執事が受け取って公爵と一緒に凝視《ぎようし》している。本物か区別がつかなくて悩んでいるところに、トントンとノックの音が響いた。


「閣下、ハンネスです。ただいま参りました」

「来たか。我が家に逗留《とうりゆう》している魔導師を呼んであったのだ。入っていいぞ」

私に説明してから、入室を許可する。

すぐに深い緑色の髪と、髪よりも明るめの緑色のローブを着た男性が姿を現した。年は三十代といったところかな。真面目そうな人物で、緊張が顔に浮かんでいる。

「ちょうど良かった。ハンネス、これが本物のエリクサーか、区別がつくか？」

公爵は彼を近くへ来るよう手招きし、エリクサーを鑑定させた。そそくさと歩いて進む姿は、貴族っぽくないような。真剣な眼差しで瓶を眺め、揺らして輝くルビー色の液体の魔力を覗き込み、確かめるハンネス。

「……そうですね……、私は本物だと思います。凝縮された魔力が感じられるのに、流れ出てこない。良くできていますね」

「なんと！　こんな若い女性が、本物のエリクサーを作れるとは……！」

「……彼女が、このエリクサーを……？」

私を確認して、ハンネスはどこか訝《いぶか》し気《げ》な表情を浮かべた。さすがにそこまでは信じ難《がた》いというような。

微妙な空気が流れている部屋に、今度はドカドカと足音を立てて人影が近づく。

「ハンネス‼　悪魔との契約者が来るからといって、いちいち俺まで呼ぶな！　挨拶《あいさつ》なんぞ煩わしい！」

ハンネスに続いて登場したのは、彼が契約している悪魔だろう。茶色い髪と瞳《ひとみ》、金の縁取りのある黒いコートを着ていて、紳士といった雰囲気の、高貴そうな男性の悪魔だ。体格がいい。

「……煩わしい？　なるほど煩わしい、とは！　よくぞ申したな、キメジェス‼」

「な……っ、あ……！　……べ、ベリアル様！！」

ベリアルが声を荒らげると、威圧の魔力が風のようにキメジェスに向かって強く吹いた。椅子が二、三個バタバタと倒れ、キメジェスの顔色がみるみる青くなっていく。

「キメジェス……？　侯爵である君が、一体？」

困惑の色を浮かべるハンネスに、悪魔キメジェスは声を震わせる。

「だ、黙っとれ‼　この方は、地獄の……」

「それを口にする権利が、そなたにあるのかね⁉」

「……あ、ありません！　大変失礼致しました！」

更に険悪になるベリアルの厳しい眼差しに、九十度に腰を曲げたキレイなお辞儀で答える。

二人のやり取りを眺めていたアウグスト公爵と魔導師ハンネスは、唖然《あぜん》としてしばらく言葉も出

なかった。

「……そなたら。いつまで我と、我が契約者を立たせておくつもりかね」

ベリアルの一言で、凍り付いていたその場がようやく動き出す。

あれ？　エクヴァルはいいの？


お茶やお菓子が運ばれ、私の前には憧《あこが》れのアフタヌーンティースタンドが！

下段にサンドウィッチ数種類とサーモンののったオープンサンド、中段に小麦粉の皮で何かを包んで揚げたものやポテトなどの温かい料理、上段にはカップに入った焼き菓子や、グラスデザート、小さいケーキ。なんて可愛らしいのかしら！

右手側には籠《かご》に入ったスコーン、手前にクリームと二種類のジャム。左手側にあるのはチョコレートとアミューズとスープ、湯気を立てる紅茶。

私は逸《はや》る気持ちを抑え、最初のアミューズとスープを頂く。そしてサンドウィッチをナイフとフォークで切り分けて、少しずつ食べるのだ。

「どうかな、お気に召したかな？」

公爵が紅茶を手に尋ねた。本人の前には、サンドウィッチとスコーンくらいしか置かれていない。あまり甘いものは好きではないらしい。

「とても美味しく頂いております。感謝申し上げます」

「喜んで頂けて良かった。庇護《ひご》の件はもちろん、引き受けよう。いくらでも助力させてもらうよ」

これで今回の目的は達成かな。公爵もとてもご機嫌だわ。

「大変心強いお言葉、身に余る光栄にございます」

いったん食事の手を止めて、深く礼をして感謝を告げた。

ベリアルはスコーンを千切る姿すら優雅だし、貴族であるエクヴァルの紅茶を飲む姿勢も上品だ。私が浮いている気もする。斜め前では、ハンネスが少し食べにくそうにしていた。マナー、苦手なのかな。ちょっと親近感がわく。

キメジェスは、先ほどから全く喋《しゃべ》らない。ベリアルの顔色をチラチラと盗み見ている。彼のそんな卑屈にも思える態度に、契約者であるハンネスが困惑を隠せないでいた。

「……ベリアル殿」

「解っておるわ。我が契約者が庇護を受けるのだ。キメジェス、その方の無礼は不問に付す」

「あ……ありがとうございます‼」

わりと真面目そうな悪魔だな。大体ベリアルがわざと存在を誤認させるために、男爵か子爵程度まで魔力を抑えているのが原因だと思うんだけどな。さすがにそれ以下には偽装できないそうだ。いっそ感知されないよう、全て隠蔽《いんぺい》した方が無難じゃないだろうか。

「素晴らしい悪魔と契約しているのだね。それだけでも、どこの王宮からでも誘いがありそうだ」

「……キメジェスのこのような反応は、初めてです。これは確かに、公爵閣下が庇護をなさる必要があるでしょう。バカな貴族が手を出そうとすれば、首ではなく国が飛びますよ」

公爵とハンネスがしみじみと頷《うなず》く。

「そういえば、あのエリクサーは宮廷で作ったのかね？　祖国に渡さなくて大丈夫かな？」

「アレはこちらで家を購入してから作りました。ご心配には及びません」

エグドアルムの材料や施設で作ったアイテムを、簡単に別の国の貴族に渡して援助を受けたら、いけないか。良かった、チェンカスラーで作っておいて。

「それはすごい！　素材はどうしたのだね、一般的な職人では集めるのが難しいものもあったろう」

興味津々な公爵とは別の視線を感じる。エクヴァルも気になっているようだ。

「ドラゴンティアスは、ちょうどファイヤードレイクを狩った後でしたので。エルフの森で採取した素材もありますし、エグドアルムから持って来ていた素材も使いました。あ、でも国で供給されたものじゃなくて、使おうと思って自分で探したんですよ」

危ない危ない、流用してないよ。国で素材を発注する時は、必要なものを必要な分だけ頼んでいたから、すぐに使い切っちゃっていたわ。

公爵はうんうんと頷き、お抱えの魔導師ハンネスは笑顔で固まっている。

「そうだ。それならアムリタも作れるかね？」

突然思い立ったように、公爵が尋ねた。

「もちろん、作れます」

「それは良かった！　実は手に入らないかと相談されたのだが、手元にないのだよ。アムリタを作れる者は、知己《ちき》にはいないし」

持っていたけど、ドラゴンの鱗《うろこ》採取の時に、あげてしまった。まさかここで必要になるなんて！

「ただ、素材がすぐに集められるか、見当がつきません」

「足りないものは相談してくれていい。これを試験にしようかな、庇護のランクを決めるための」

「試験ですか？」

まさかここで試験とは。驚いて聞き返すと、ハンネスが苦笑いをした。

「公爵閣下のご冗談ですよ。庇護にランクなんて付けてません」

「いやいや、本気じゃないって分かるでしょ」

エクヴァルまで。むうう。まあいいわ、庇護のお礼にもなるし。

次の目標はアムリタね！

「期日はいつでしょうか？」

「早い方がいいが、無理に急がなくてもいい」

期限を区切られなくてホッとした。実は海水が必要なの。しかしチェンカスラー王国には海がないのだ。もしかすると、海まで汲《く》みに行かないといけないかしら。

さて、と公爵が話題を変えた。

「貴女は普段、どのような活動をしているのかな？　なんならこのハンネスのように、我が屋敷に逗留《とうりゅう》してもらってもいいのだよ？」

「公爵閣下。せっかくのお申し出に大変恐縮なのですが、私はレナントに居《きょ》を構え、気ままに魔法アイテム作製をさせて頂いております。今の生活を続けたく存じます。先日もフェン公国へ竜の素材採取に参りまして、ガオケレナも入手できて……」

ここまで説明したところで、二人は声を張って私の言葉を遮《さえぎ》った。

「フェン公国⁉　軍事国家トランチネルの侵攻があったのではないのかね⁉」

「竜の……素材採取！？？」

ああ！　いつものクセで竜の素材採取と発言してしまった！　これは確かに非常識‼

それにフェン公国ではまさに、戦争に突入するかもという瞬間に介入していたのだった。

「ええ……、ベリアル殿はドラゴン狩りが趣味ですので！　トランチネルは……ええ、ええと……」

焦ってしどろもどろになる私を、エクヴァルもベリアルも笑って眺めている。

ひどい、ここに味方はいないわ！

「墓穴を掘ったね、イリヤ嬢。全部喋っちゃえば？　公爵《デューク》は事情をご存じだし」

処置なし、とでも言うように手を振るエクヴァル。しかし彼のお墨付きがもらえたし、この公爵に隠す必要はないのだろう。


「……その……、フェン公国が攻められそうだったので、こっそり地震を起こす広域攻撃魔法と、四つの風の広域攻撃魔法を唱えてみました……。トランチネル軍は撤退したそうです……」

「あの報告書にあった、不可解な魔法は君が⁉　風の魔法に雪が混じったと記されていたが、どういうことだ？　あれはそんな魔法ではないはず！」

ハンネスの大音声《だいおんじょう》が響いた。

「水属性が得意なので、混ぜたら効果が上がるかな～と。四つの風の魔法は、応用を利《き》かせやすいんで楽しいんです」

……なぜか私に向けられるのが、呆《あき》れた視線のような気がする。なぜ。

◆◆◆

……余計なことを喋ってしまった。

公爵邸の裏手にある、魔法実験施設で実際に披露して欲しいと請われた。個人宅に魔法実験施設があるとは、さすがは公爵閣下。

実験施設は、かなり頑丈そうな四角い建物だ。

内部はガランとしていて、見学もできるように周囲がぐるりと通路になっている。各通路に一つずつ、全部で四つの扉があり、四方のどこからでも出入りできる。もちろん通路と実験場の間には、魔法防御の結界の壁が何重にも張り巡らされている。

術者は通路の南側に小部屋が用意されていて、そこで術を行う。

今回は私、ベリアル、エクヴァル、アウグスト公爵、執事の男性、魔導師ハンネス、彼と契約している侯爵級悪魔キメジェスの、皆がこの中にいる。

「吹雪をもたらせ風巻《しまき》、黒風の砂塵《さじん》よ空間を閉鎖させよ、激しく荒れ狂え野分き、四方の嵐よ災いとなれ！　四つの風の協演を聞け、ぶつかりて高め合い、大いなる惨害をこの地にもたらせ！　デザストル・ティフォン！」

実験室内には暴風と吹雪、薄暗い砂塵が猛り狂い、魔法壁を叩《たた》いて僅《わず》かに割っている。開いていた両手を握りながら引き寄せ、魔法の効果範囲を狭める。中央に集約される風。

魔導師のハンネスは驚いた表情で、嵐に目を凝らしていた。

「この効果、魔法操作……。私は彼女に及ばないだろう」

口惜しい、というよりは何だろう……？　そんなに負の感情は感じられない呟《つぶや》きな気がする。

「君が彼女に負けると？　私にはどちらも同じように、立派な魔導師に映るんだが……」

「ハンネスの言《げん》は正しいだろう。契約者である俺から見ても、勝てるとは思えん」

公爵は私とハンネスを見比べている。悪魔キメジェスも認めたようだけど、私は彼の術を知らないからなあ。ハンネスはごくりと喉《のど》を鳴らして私に問い掛けた。

「この詠唱、最初だけが違う。これがその効果……、ですか？」

「私に敬語は必要ありませんよ。先ほども申しました通り、私は水属性が得意なので水を混ぜたのです」

「水を……混ぜる。その発想が、私にはなかった」

エグドアルムの実験施設で、同僚の宮廷魔導師であるセビリノと色々試したんだよね。そうしたら、最初の詠唱だけは比較的自由に弄《いじ》れると判明したの。

「火にも変更できますよ。殺傷能力はこちらの方が高いですね」

「色々研究してるね、イリヤ嬢。火もか……」

エクヴァルは私が魔法を使う時、いつも何一つ見逃すまいというような強い視線で注視している。もしかすると、殿下に報告するのかな。

気になるけど、そういう仕事だと思って諦《あきら》めるか……。


「火風よ燃焼せよ、黒風の砂塵よ空間を閉鎖させよ、激しく荒れ狂え野分き、四方の嵐よ災いとなれ！　四つの風の協演を聞け、ぶつかりて高め合い、大いなる惨害をこの地にもたらせ！　デザストル・ティフォン！」


今度は火を帯びた暴風と砂塵が実験場を荒れ狂った。

披露したいだけだったので、両手をさっと上げて魔力の供給を一気に弱め、魔法を霧散させる。炎と視界を閉ざす砂が、サアッと周囲に溶けるように消えていく。

「消えた……。こんなにあっさりと、跡形もなく……」

ここでも驚かれるとは。セビリノも普通に行っていた操作なので、特別な感じはしていないのだけど。まあ、多少消えるのが早いかな。

続いてベーシックバージョンをハンネスが唱える。

「疾風《はやて》よかまいたちとなれ、黒風の砂塵よ空間を閉鎖させよ、激しく荒れ狂え野分き、四方の嵐よ災いとなれ！　四つの風の協演を聞け、ぶつかりて高め合い、大いなる惨害をこの地にもたらせ！　デザストル・ティフォン！」

強風と砂塵《さじん》が吹き荒《すさ》び、かまいたちによる真空が発生して切り刻む刃になる。

確かにしっかりと、お手本通りという感じに練られた魔法だ。

「……基本に忠実過ぎるのですね。次の段階に参りましょう」

真面目そうな印象のハンネス。魔法がその性格を証明している。

「次の段階？」

「この魔法は四つの風を操り、一つにまとめ上げるもの。これが基本的思考です。しかし四つが別々なのは最初の段階だけで、四つは合わせて一つになります。そのイメージが足りないのです。要するに一つ一つ別に重ねてしまうのではなく、噛《か》み合わせて混ぜ合わせる。私はそういうイメージで行います」

ハンネスは深く考えていたようだが、しばらく黙ってから再び同じ魔法を唱えた。

すると先ほどよりも威力が増したのが感じられた。

「さすが優秀な方ですね、すぐさま再現されてしまいます」

「いえ、ご指導ありがとうございました！　またお願い致します！」

「そんな、単なる概念の説明だけです。指導なんて大層なことはしていませんよ⁉」

指導なんてつもりではなかったわ……！

嬉《うれ》しそうに手を握られる。お願いされてもね！

アウグスト公爵は私達を、どこか不思議そうに眺めていた。


「キメジェス、そなたの契約者はずいぶんと生真面目な男よの」

「なかなか見所があると期待しております。しかしベリアル様の契約者の方は、なんと立派な魔導師であらせられましょう」

ベリアルがキメジェスに語り掛けると、彼は少し緊張した面持ちで答えた。ベリアルが怖いから、私を褒めているのではないかしら？

「ふふふ、そうであろう！　我が直々に鍛えた者だからな。半端など許されぬ」

「それはまた……ご愁傷さまで……」

「……どういう意味かね」

「いえ、言葉のあやでして‼」

キメジェスって、わりと口が滑るタイプなのね。


地震を起こす土魔法はここでやると床が大破してしまうので、さすがに実演はしない。あの時は防御魔法の下方が綻《ほころ》びていたので、土魔法を使ったと説明した。

その後が同じ広域攻撃魔法でも火や水にしなかったのは、あの防御もできていない混乱状態で唱えると、大量虐殺になりかねなかったからだ……。そこまでの覚悟はない。

「チェンカスラー王国としても、トランチネルがフェン公国を侵攻するとなれば、他人事《ひとごと》では済まないからね。今回は事前の兆候が全く掴《つか》めていなかった、とても助かったよ。トランチネルは諦めないだろうが、フェン公国への支援を強化し、簡単に再侵攻は許さないようにしよう」

公爵の説明によると、トランチネル軍はフェン公国の国境を防衛している部隊こそおとりで、精鋭の別動隊がいて挟み撃ちにするつもりだと勘違いして、慌てて撤退したということだった。

精鋭どころか、魔法を使ったのは一人ですがね！

「ところで、明日は我が屋敷でガーデンパーティーを開催する予定になっていてね。この度の慰労も兼ねて、参加してはどうかな？　ハンネスも参加するよ」

「そうですね、公爵閣下！　それは素晴らしい提案です、是非ともご一緒しましょう」

突然の公爵のお誘いに、ハンネスがものすごい勢いで乗ってくる。巻き込みたいようだ。

それって、貴族のお客さんがたくさん来場されるのでは？　丁重にお断りしたい。

「どうせなら我が屋敷に泊まって頂きましょう」

執事が部屋を用意しますと申し出ている。早く断らないと、話がどんどん進むわ！

「お誘いはありがたいですが、衣装も所持しておりませんし、何より私のような庶民には縁のない催《もよお》しにございます」

「庶民？　貴族の方では……？」

ハンネスは最初のエクヴァルの話の時には、いなかったんだわ。公爵が後で説明すると受け合ってくれた。強い魔法を使う魔導師は貴族が多い。学べる機会が多いから。

特に高ランク冒険者でもないのに広域攻撃魔法なんて使えると、貴族だと勘違いされがちだ。

「参加させてもらおうよ、イリヤ嬢！　たまにはこういうのも楽しいよ、いろんな娘と知り合える」

「この者は貴族の情報が欲しいようであるぞ。仕事の一環だと思え、イリヤ」

「……いやもう、その通りなんですけどね……。ほんっと調子が狂うなあ……！」

ベリアルに指摘されて、エクヴァルが困ったように頭を掻《か》いた。

嬉しそうに誘いながら、裏があったのね。

どうにか断れないかなと知恵を絞っていたが、これは参加するしかないようだ。

「衣装などはこちらで用意しよう！」

「いや。衣装と装飾品は、我が用意する。他を頼もう」

張り切る公爵に、ベリアルがあっさりと拒否する。

……なんだろう、ベリアルは私の着る予定のないドレスを準備してあったんだろうか？　嬉しいというより、ちょっと引く。

エクヴァルはさすがに衣装を持って来ていないので、公爵のご子息の服を貸してもらうことになった。

あまり名乗りたくないと悩んでいたら、エクヴァルが適当な設定を考えてくれた。

ベリアルがお忍びで遊びに来た異国の貴族、私がその家のお抱えの魔導師、エクヴァルが護衛という。お忍びなので名乗らない、で通すらしい。

しかし、ほとんどそのまんまな気がする。

その日はお言葉に甘えて公爵の屋敷に泊まらせて頂き、ハンネスと魔法や召喚術について語り合った。久々にじっくりと深い話ができて、とても楽しかったな。

お風呂《ふろ》も使わせて頂いたよ。エグドアルムではサウナとシャワーだけで、基本的に湯船なるものはなかったので、お湯に入るというのは不思議な感じ。でもちょっと気に入った。

ガーデンパーティー当日は、朝からメイドさんがお風呂に入れてくれたりお化粧してくれたり、髪をアップにしてくれたりで、パーティーは午後からなのに午前中を丸々使ってしまった……。

◆◆◆

ついにガーデンパーティーという名の戦場よ！

中級ドラゴンと戦うよりも、厳しいミッションの開始なのだ！

ベリアルはダークレッドのコートの下に、黒い上着を着ている。金の刺繍《ししゅう》がこれでもかというほど施《ほどこ》されていて、外してある金ボタンの下に覗《のぞ》くベストにも、たっぷりと刺繍がしてあった。首元のシャツの白が眩《まぶ》しいくらい。装飾品の宝石は全てダイヤとルビー。

派手！　派手すぎるから！　昼間のパーティーに、その宝飾品いらない‼

わりと目立ちたがるんだよね……。

私はというと、白から紫にグラデーションしているふくらはぎ丈のドレスで、薄紫の髪と同じ色のショールに金の刺繍が施してある。この刺繍の模様は、ところどころで魔術的要素が入っているぞ。魔力は籠《こ》められていないけれど、魔法を唱える際の助けになる。地獄の職人に入れてもらったのかな。袖《そで》は肘《ひじ》の辺りまでで、二段フリル付き。

エクヴァルが私の衣装を目にして、達観したような笑みを浮かべた。多分、シンプルに見えて相当高価なんだろう。汚さないようにしないと。

装飾品はパールのネックレスに、ルビーのブレスレット。良かった、わりと一般的な感じだ。髪をアップにするのに使った髪留めは、細かい金細工に宝石がちらほら嵌《は》めてあって、ちょっと派手なのが気になる。いやそれ以前に、隣にいる悪魔が存在自体、悪目立ちだ。

エクヴァルはやはり金の刺繍の入った、白の上下に白いシャツ。紺の髪とのコントラストが映えていて、不思議と清廉《せいれん》な印象だ。腰には細い剣を佩《は》いていて、親衛隊のシンボルが入った紋章の部分は隠してある。

「イリヤ嬢、お嬢様って呼べばいい？」

「そういう齢でもないような……」

なんだかこそばゆいなあ。

「なら奥さま？」

「……お嬢様でお願いします」

嫌な二択を迫られた。しかし、他にちょうどいい呼び方も浮かばない。

「準備は整いましたか？」

「はい、問題ありません」

おかしなやり取りをしていたら、ハンネスとキメジェスが迎えに来てくれた。さあ、ついにガーデンパーティーが始まるのね。

「では閣下、参りましょう」

ベリアルはこれでいいわ。慣れてるし。今回は私がお付きという設定なので、軽く頭を下げて彼が通り過ぎるのを待ち、後ろに控えた。

「……なんか慣れてるね、お嬢様」

「さすがですね。私はこういうのはいつまで経っても苦手なんだが、公爵様が参加するように仰るんで……」

ハンネスは諦め顔だ。


会場になっている公爵家の庭は、とても広い。

きれいに切り揃えられた植え込みの間の開けた場所にテーブルが並べられ、その上に様々な料理が置かれていた。飲み物のグラスをトレイに載せた召使い達が歩いて、参加者に振る舞う。

いくつもテーブルとイス、そこに日除けのパラソルも備え付けられており、好きな席に座れる。

周りを見渡せるテーブルを目指して、長い足でカツカツと歩くベリアルの後ろに付き従う。反対側にはエクヴァルが同行している。彼もやっぱり貴族然としているなあ。

グラスの飲み物を受け取り、椅子に座ってから口を付けた。美味しい、さすが公爵家。

周りの女性達はベリアルに興味があるようだ。明らかに身分が高く裕福だし、堂々として顔も声も良くて背が高い。問題は性根とか考え方とか、内面だけだからね。見ている分には解らない。

「閣下、お料理をお持ち致します。どれが宜しいですか？」

「そなたに任せる」

「では、私も席を外させて頂きます」

軽くお辞儀をして、エクヴァルも離れた。彼は料理ではなく、談笑している女性陣に向かう。

「素晴らしいご衣裳《いしょう》ですね。美しい貴女に、とてもよくお似合いです。どちらのお嬢様で？」

「まあ、初めてお目に掛かる方ですね」

そんな感じで、エクヴァルの胡散臭《うさんくさ》さ全開だ。

私はテーブルから小さいケーキやグラスデザートなどを選んで、お皿に載せるとベリアルが待つ席を振り返った。


「お名前はなんと仰るんですか？」

「忍び故、申せぬ。遠き国より参った、とだけ言っておこうかね」

「ご一緒の方は、恋人で……？」

「否、我が家に仕える魔導師である」

ベリアルの周りに女性が群がって、会話をしているぞ。戻りづらいな。

どうしようかと困っている私に、ハンネスが声を掛けてきた。すぐ脇にキメジェスもいる。

「エクヴァルさんとベリアル殿は、さすがに馴染《なじ》んでいますね」

「ええ、エクヴァルは貴族ですし。閣下は派手過ぎですが……」

「それにしても、イリヤさんもすっかり溶け込んでいらっしゃる。庶民にはとても思えませんよ」

「そう映っているのなら、問題ございませんね。お褒めの言葉として受け取っておきます」

貴族ばかりで気後れするので、私のもとへ来たようだ。その気持ちはとても理解できる。私はようやく、苦手意識が薄くなってきた気がする。

エクヴァルなんて楽しくお喋《しゃべ》りしているようで、実は情報収集しているんだよね。騙《だま》されるわ。

「あの、ところで……夕べ、〝セビリノ殿と魔法の研究をした〟と話されていましたが、それはもしや、セビリノ・オーサ・アーレンス様で……？」

「まあ、ご存知なんですか？　そうです、彼です」

チェンカスラーで彼の名を知っている人がいるなんて！　あ、防衛都市でもランヴァルトが知っていたわ。魔導書を書くと知名度が格段に上がるのね。

肯定するとハンネスは、嬉《うれ》しそうに破顔《はがん》した。

「私もその方の魔導書を持っています！　チェンカスラーで、最近人気の著者なんですよ。王都では売っていないので、防衛都市で買いました。はああ、いつかお会いしたい……」

まさに憧《あこが》れているというように、瞳をキラキラさせている。どうやらセビリノの魔導書は、この遠いチェンカスラーで有名になりつつあるらしい。

「いつか皆でお会いできるといいですね」

「はいっ！」

本当に、いつかまた楽しく一緒に研究をしたい。そして皆で夜通し魔法談義をする……。実現するといいな。

あまり長く席を空けたままでも良くないだろうから、話を打ち切って三人でベリアルのいるテーブルへ戻った。するとはしゃいでいた女性達は、サッと離れる。

そういえば魔導師二人と、契約している侯爵クラスの悪魔だ。怖いのかな。キメジェスが侯爵クラスというのは、わりとこの辺りでは有名らしい。

それ以上の悪魔に頬を染めてアプローチしていたなんて、思いもよらないだろうね。


「閣下、お楽しみ頂けておりますか」

「うむ、悪くはないな」

ハンネスも閣下と呼んでいる。キメジェスはボロが出そうだから、極力口を開かないと決めたそうだが、正解だ。侯爵クラスの悪魔がへりくだった姿を晒《さら》すのは、非常に問題があるから。

「閣下！　ご覧ください、この可愛《かわい》らしいスイーツ。どれも美味しそうでしょう、どちらをお召し上がりになりますか？」

私は席に座って、手にした選《よ》りすぐりのスイーツをベリアルに披露した。

途中でホストのアウグスト公爵が挨拶《あいさつ》をしてくれたり、そんな感じでしばらく過ごしていたが。

「……キメジェス、そなたの方が判るのではないかね。アレをどう見る？」

「……は、招かれざる客だと見受けます」

ベリアルが声を潜めて示した視線の先には、一人の人物がいた。三十前後のスラッとした男性で、優しそうな表情をして女性と歓談している。

でも、改めてじっくり注視すると、何かがブレる気がする。この違和感は何？

「我は此度《こたび》は動かぬぞ。そなたらで事態を収めよ」

鷹揚《おうよう》にワインのグラスを傾ける姿は、まるでショーの開始でも待っているようだ。

「どういうことだ、キメジェス」

「ハンネス、あの男は人ではない。魔物だ。……危険なものだろう」

人に擬態する魔物。大体において、理由は大きく二つ。人に交じりたいか、人を食したいか。

危険ということは、後者だろう。

誰かが知らずに、パートナーとして連れて来たのだろうか？

確かに知性の高い食人種《カンニバル》も存在する。しかし、人に化けて騙したりはするものの、まさか王都の、しかも公爵家のパーティーに紛れ込むなんて。そこまでのことができるのかしら？

エグドアルムでは、こんなに手の込んだ事案は過去の報告書にもない。

とはいえ、現実に目の前で起きている。被害を出さずに解決しないといけない！

「ハンネス様、正体を暴く魔法は唱えられますか？」

「……すまない、残念ながら知らない」

「ではこちらは私が。拘束する魔法を、お任せしても？」

「もちろんです！」

役割を決めて、顔を動かさないまま、続けて悪魔キメジェスに告げた。

「キメジェス様は、公爵様にお知らせください。そして、あの女性及び他のお客様の保護をお願いします」

聞くや否や、キメジェスは公爵のもとへ素早く向かう。これはベリアルが〝そなたらで事態を収めよ〟と命じたから、動いてくれたんだろう。

本来なら見返りもないのに、契約者でない者のお願いなど聞く必要がない。

ハンネスからなら違うんだけど、彼はこういう時の対処には不慣れなのかも。ハンネスが公《おおやけ》の場に顔を出しているのは、もしもの備えでもあるんだろうから、慣れてもらわないとね。公爵家主催のパーティーで怪我人なんて、醜聞だろうし。

私が敵に動きを悟られないよう、なるべく目だけでエクヴァルを探すと、ちょうど彼と視線が合った。キメジェスが単独で移動したので、様子を確認してくれたようだ。

ゆっくりと瞬きをして例の男へ鋭く視線を送り、頬杖《ほおづえ》をつくような仕草で、こっそり手で首を切るジェスチャーをした。それだけでエクヴァルは頷《うなず》いて警戒を強める。

アウグスト公爵に報告が届いたところで、行動を開始。

立ち上がり、目標の人物に近づいた。魔物と知らずに話をしていた女性のもとへは、キメジェスが向かう。スーツを着て招待客に紛れていた公爵家の護衛も前に出て、客を庇《かば》うように立った。

「雑踏の闇に溶け込む悪意、染みたる罪悪の臭気をまき散らすもの、我に害為すものよ、隠れることは能《あた》わず。天の紅鏡《こうきょう》よ一切を照らせ、我が前に詳《つまび》らかにさせたまえ。サニー・フォッグ！」

魔法が発動されると人だった姿が煙に覆われ、徐々に変化していく。

背が二倍ほどになってスーツは破れ、体躯《たいく》は太く醜くなり、肌は緑がかった暗い色に変化して、大きな口と鋭い眼つきで咆哮《ほうこう》を上げる。

「ルアヒネ……やはり食人種《カンニバル》だわ！」

会場内には男女の悲鳴が走った。

間髪をいれずハンネスの魔法が展開される。

「咎人《とがびと》よ、罪過の鎖に穢《けが》れし魂を繋《つな》がれよ！　うねる蔦《つた》よ、標的を定めて絡め取れ！　縛りあげ捕縛せよ、汝《なんじ》は我が虜囚《りょしゅう》なり！　カスタディ！」

地面から現れた太い蔦《つた》に絡め取られ、巨躯《きょく》のルアヒネは動きを封じられた。しかし叫びながら頭を振り乱し、蔦を千切ろうと激しく暴れ続ける。

すかさずエクヴァルが左下から斬り上げ、斜めに腹を切り裂く。右側にきた剣を返してしっかり両手で握り、そのまま飛び上がって首を落とした。

あっけない幕切れだ。

「……仕方ないけど、動かない敵は楽しくないね」

つまらなそうに剣を振って血を飛ばし、軽く拭《ふ》いてから鞘《さや》に仕舞う。

突然の出来事に悲鳴が飛び交い、混乱を招きそう。公爵邸の護衛達が、もう大丈夫ですと客を宥《なだ》める。無事に敵は倒されたし、被害もなかった。

ようやく安心したようで、会場内は少しずつ落ち着きを取り戻し始めた。

ざわざわする人々の間を縫って、小走りでアウグスト公爵がこちらにやってきた。

「さすがだ……！　まさかあんな恐ろしいモノが交じっていたとは。被害が出ずに済み、私の面目が保たれた。感謝しよう!!」

これで庇護《ひご》してもらえる分の、お礼になったかな。

「しかし、なぜ魔物が紛れ込んだのでしょう……？」

喜ぶ公爵に、ハンネスが疑問を口にする。私も不思議に感じていた。

「チェンカスラーではよくある……わけではないですよね？」

「まさか、聞いたことがありません。こんな大勢の前に、堂々とは現れないものです」

「……敵対貴族の嫌がらせの可能性もある。連れてきた女性の招待状を確認して、一緒に参加することになった経緯を尋ねておこう」

調査をしておくと、公爵がはっきりと断言した。そして私とハンネスの肩に、ポンと手を置く。

「とにかく、二人ともご苦労だった！」

「お役に立てて、光栄にございます」

私がお辞儀をすると、ハンネスも慌てて同じようにした。

「お嬢様、お怪我はございませんか？」

駆け寄ったエクヴァルが、何故か私の前で胸に手を当て、片膝《かたひざ》をついて頭を下げる。

待った！　貴族の設定なの、ベリアルだよね？　どうして私の前!?

あ、そうか……！　魔導師って、貴族が多いんだっけ。きっと高位の貴族に仕える、下位の貴族の娘の設定なんだな、本当は！　なんか騙された気がする。

「……問題ありません」

「楽しい余興であった。そろそろ我らは失礼しよう」

まあベリアルには余興程度だよね。

「公爵様、庇護の件、ありがとうございました。次はアムリタをお持ち致します」

「頼んだよ。困ったらすぐに相談するように」

小声であいさつをして帰ろうとすると、執事の男性に正門とは違う方へ案内された。なんと、公爵家の馬車が用意してあったのだ。め、目立つ。これで町から出るのか……！

せっかくのお心遣いだから、乗るけど……。

馬車の中で、エクヴァルは明るくこう宣《のたま》った。

「やっぱり私が仕えるなら、女性でしょ！」

それにしても、まさか食人種が紛れていたなんて。

誰かの企みだったりするんだろうか。調査で、理由が判明すればいいな。

◆◆◆

公爵邸を発った後、私達はいったん王都を出て、人目のない場所で馬車から降ろしてもらった。

そしてこっそり戻って、宿を取ってもう一泊した。王都の中で公爵家の馬車から降りる場面を見られたら、目立っちゃうからね。

まだ全然、観光していない。馬車から眺めただけでも色んなお店があった！　さすがに王都。


翌日は朝から王都観光に繰り出す。飲食店、洋服屋、雑貨屋、宝飾品のお店、家具屋、魔法アイテムを売るお店。とにかくどんなものも揃《そろ》いそう。

その中でも黒い看板を探して、魔導書店を訪れた。

防衛都市でも行ったし、やっぱり魔法関係は外せない。防衛都市のお店よりも広くて、棚に表紙側を見せて飾ってあるものも多く、手書きの説明札まで添えてあったり。そしてカウンターの横には、魔法の相談受け付けます、と書いてある。

ただ事前に聞いていたように、セビリノの著書はここにはない。

そしてやはり全部知っている魔法で、広域攻撃魔法は一冊も置いていない。やっぱり広域攻撃魔法の知識って、簡単に売ったり教えたりしちゃいけないのかな？

研究と討伐ばかりしていたから、世間一般的な立ち位置が解らない……。

「いっぱいあるねえ。何か買うかな……」

意外にもエクヴァルが真剣に選んでいる。

「魔法、あんまり使ってないみたいだったけど？」

「やっぱりあった方が便利だったよ。お勧めってある？」

冒険者としてここまで来る間に、必要になることがあったのかな。確かにあれば便利だけど、彼がどんな魔法を使うかあまり知らないんだよね。

「普段はどんなのを使ってるの？」

「ん〜、攻撃だとストームカッターが使いやすいけど、両手での掌相が困るんだよね。浄化、水の回復の中級、ブレスの防御と、補助中心に、必要なのはそれなりに」

「私はラヴァ・フレアなんて好きだな。でも貴方の魔力量だと、他の魔法が使えなくなりそうね。ファイヤー・レディエイト……、もっと消費を抑えるならファイヤーボールかしらね」

火の攻撃魔法の棚に移動しようとしたが、エクヴァルはその場に立ったままだった。

「……なぜ、火系を勧める……？」

「エクヴァルが得意だからでしょ。公爵様の実験施設でこっそり練習していたのを見ちゃったのよ。あの時、風属性を使ったのに火の元素《エレメント》に動きがあったわ。得意だからでしょ」

エクヴァルは私の説明に、難しそうな表情で耳を傾けている。

「それは……誰でも見抜けるもの、なのかな？」

「少なくともセビリノ殿や、研究所の上の人達は勘付くわよ。これが全然解らない人は、エリクサーもソーマもろくに作れないもの。四元の呪文だって、完成させられないわ。自分で使うのならともかく、他人の魔法では感じられないっていう人も多いけど」

「……そういう、ものなのか……」

小さく呟《つぶや》いて頷いた。あんまり知られたくないようだ。理由があるのか、単に秘密主義なのか。

「悪いね、その三つは本当は知っている。使わないだけで」

「……ごめんなさい、知らないフリをするべきだった？」

「いや、……教えてくれてありがとう」

実のところ、たとえ敢《あ》えて使わずにいても、自分の得意属性を秘密にするのはわりと難しい。この操作が完璧《かんぺき》にできるのは、最上位アイテムを作れるレベルの人達だけなのだ。

まあ、気付けるのも同じようなレベルの人ってことになるかな。

逆に感知できない人は、自分の得意属性すら理解していなかったりする。

「……これだと不公平ね。じゃあ、私も教えるわ。私が得意なのは水なんだけど、契約の影響なのか、火の魔法も効果が強いの」

「ていうかイリヤ嬢、全属性がかなり強くない？　私の目には得意属性との差が解らないよ……」

「まあね、強い方よね。得意なのは消費魔力も違うのよ。それとね」

他の人から自分の魔法がどう映っているかは、そういえばあまり聞かないな。

「……それと？」

「光属性も得意よ。浄化以外、そんなに使わないけどね」

使わない理由の一つが、一緒にいるのがベリアルだから。光属性は嫌がられるし、その中でも神聖系と呼ばれる魔法を使うと空間が浄化されて、悪魔の力が弱まってしまう。

だいたい闇と光の属性って、土水火風の四元の上位属性で威力が強いとはいえ、消費魔力が大きいので、そんなにどんどん使うものでもないし。そして初級は補助系しかない。

エクヴァルはというと、瞬きをしている。そんなに意外だったかな？


「やっぱり、ありませんか……」

「はい、お取り扱いしておりません」

会話が途切れたところで、本棚の向こう側から女性のため息が聞こえた。

「はああ、ここでもダメか……」

「申し訳ありません」

どうやら客と店員の会話のようだ。欲しい魔法がなかったのね。

「昨日のパーティーで女性の方が使っていたらしいから、ここにあるかもと期待してたのに……」

それは、もしかして私？　てことは、正体を暴く魔法？

どうしようか考えたけれど、声を掛けてみることにした。

「あの……どういった魔法をお探しで？」

「あ、騒いでしまってすみません！　本当の姿を暴くような魔法があるらしかったので、探していたんです」

やっぱり私のことだ。エクヴァルがどうするの、と視線で尋ねてくる。

放っておけないかな。

「それでしたら、私が把握しております。お教えしましょうか？」

「いいんですか⁉　それは助かります、お代はちゃんと払いますからっ！」

とりあえずここでは良くないだろうから、店を出て移動する。近くにあったオシャレな喫茶店に入り、冷たいハーブティーを注文した。

相手は十代後半くらいの若い女性。こぎれいな格好をしている。魔法使いではないような。

「この魔法ですよね？」

私は紙に書き出して、相手に渡した。


〝雑踏の闇に溶け込む悪意、染みたる罪悪の臭気をまき散らすもの、我に害為すものよ、隠れることは能わず。天の紅鏡よ一切を照らせ、我が前に詳らかにさせたまえ。サニー・フォッグ〟

「こ、これだと思います！　紫の髪をした魔導師様がお使いになられたと……、そういえば、もしかしてご本人様では⁉　お国にお帰りになられたとばかり！」

「……実はアレ、お芝居なんです。私がちょうど公爵様の庇護を求めてお伺いして、それでガーデンパーティーにもご招待頂いて。目立たくないので内緒ですよ、本当はレナントに住んでいる、魔法アイテム職人なんです」

「公爵様の……！」

女性が驚いて声を上げたところで、通路を歩いていた男性が足を止めて、コツンと私達のテーブルを指で叩《たた》いた。

「誰が騒いでるのかと思えば、デフィジョ男爵の従者だな。田舎に帰らなくていいのかよ？」

見下したような、感じの悪い言い方だ。女性は小声で私に耳打ちしてくれた。

「マトヴェイ・アバカロフ伯爵です。嫌なヤツなんです」

後ろに控えている伯爵の従僕が、渋面《じゅうめん》をしている。

三十代後半くらいの伯爵は、短髪で仕立てのいいブラウス、高そうな上着を着ていた。

「ウチに来れば、もっといい生活をさせてやるっていうのに……、ん？」

私に視線を留めた伯爵。女にだらしない男なのかしら。目の前の女性のことも、以前から狙っていたようだし。

「ほお、可愛い娘と一緒じゃないか。アンタもうちで働かせてやるよ？」

「伯爵様、使用人は十分おります。悪い癖ですよ」

従僕がやんわりと、止めようとしてくれる。立場的に強く注意はできないのかな、こんな嫌な人なら、気に入らなければすぐクビにしそうだもの。

「結構です」

即座にお断りした。伯爵は不快感を隠しもせず、眉根《まゆね》を寄せて口元を歪《ゆが》ませる。

「愛人になれば、いい暮らしをさせてや……」

エクヴァルの剣の鞘《さや》が顎《あご》に当てられ、言葉はそこで途切れた。

「そこまで。ウチのお嬢様に醜《みにく》い物言いは、やめて頂こう」

その設定でいくんですね。

さすがにそこでアバカロフ伯爵の護衛が動く。しかし伯爵はエクヴァルのDランクのランク章を確認して、鼻で笑った。

「この護衛はしょせん、冒険者のDランクか。店の中ってわけにはいかないだろう、来い。礼儀を教えてやる」

「作法を知らぬ人間の指導がどれほどのものか、とても楽しみだねえ」

挑発的なエクヴァルに、伯爵は顔を真っ赤にして怒りを露《あら》わにした。

「……下民がっ！」

……どこまでも不愉快な男。昨日のガーデンパーティーにいなかったのかしら？　エクヴァルの剣、見てないの？

「おやめください、伯爵様！」

「黙れ。お前は戻ってろ。いいか、ついて来るなよ！」

すがるように引き止める従僕に冷たく言い放ち、伯爵はズンズンと進む。

「あの……申し訳ありません、巻き込んでしまって。私、トゥーラと申します。男爵様にどうにか仲裁してもらって……」

「やめておいた方が宜しいでしょう。相手が伯爵では、男爵のお立場が悪くなるだけです。この場はお任せください」

店を出てから、女性は雇い主のもとに走ろうとしていた。怯《おび》えているけれど、ここで男爵が出てはむしろ悪化するだけだろう。アバカロフ伯爵は、どこへ誘導するつもりなのか。

伯爵は自分だけ馬車に乗って先に行き、私達は彼の護衛に見張られつつ、町外れまで歩いた。

「公爵様の庇護《ひご》は頂けておりますので、もしもの時は公爵様を頼りましょう」

「それはとても助かります……！」

こっそり囁《ささや》くと、トゥーラは安心して長い息を吐いた。それでもまだ緊張している雰囲気がある。

連れて行かれたのは、誰もいない開けた場所だった。もともと人がいなかったのか、先に到着していた伯爵が人払いをしたのか。

馬車は広場の手前に置かれていて、そこに伯爵が近侍の護衛と待っていた。

「さあ、出番だ」

伯爵の合図で、二十人近い男が建物の裏から姿を現す。

「その無礼者を可愛《かわい》がってやれ！」

どうもこういうことに慣れている印象を受ける。女性を強引に口説いて、助けようとした男性を痛めつける姿を見せつけ、許しを請うように仕向けて、自分のいいようにするつもりではないか。

トゥーラは泣きそうだ。確かに、効果的なのかも知れないけれど。

「閣下風に表現するなら、余興ですかな」

「貴方には不足かしら？」

鉄の剣を抜きながら、エクヴァルが不敵に笑う。

エクヴァルの様子から、私が魔法を使うまでもなさそうだ。ひとまず、状況を見守ろう。

相手はこちらを包囲するように、ゆっくりと近付いて来る。

エクヴァルは急にスピードを速めて集団の中心付近に突っ込み、まず一人、剣の柄頭を腹に当てて倒した。そして横にいる男が焦って剣を振り上げた瞬間に、横薙《よこな》ぎに剣を振るって鎧《よろい》に鈍い音をさせる。

「テメエ‼」

「せっかく後ろからなのに、声を掛けてくれるのかい⁉　愚かだね！」

そう叫びつつ、後ろから斬り掛かってくるのをまるで待っていたように振り返り、剣を下から合わせて弾いた。すぐに返して、そのまま腕を斬りつける。

隣にいた男にもついでだといわんばかりに、一歩進んで剣を振るった。

あっという間に数人倒してしまう。強いのは解っていたけど、予想以上の腕前だ。多人数と戦うのに慣れているのだろう。

突然仕掛けられた攻勢に驚き、敵も気を引き締めて次々とエクヴァルへ向かう。

彼は視線をサッと巡らせて手薄な場所を瞬時に判断し、敵の攻撃を外しつつ一人ずつ確実に仕留めていく。

「さあどうした！　礼儀を教えてくれるんじゃなかったのかい？　それとも、地面に蹲《うずくま》るのが伯爵家の流儀かな⁉」

……テンションが上がると、かなり好戦的になる性格のようだ。

喧噪《けんそう》が少しずつ静まり、伯爵が言葉を失っている。Ｄランクだとバカにした相手を大人数で囲んで、傷一つ負わせられないのだ。

突然アバカロフ伯爵が私をギッと睨《にら》む。大股《おおまた》でこちらへ近づきながら、手を伸ばした。

「こうなったら、お前を使ってやる‼」

人質にするつもりらしい。私は敢えて、動かなかった。

差し迫る伯爵の腕に、突然火が点《つ》く。

「そなたは我が契約者に触れる資格すらないわ！」

火を消そうと腕を振りながら下がる伯爵と私の間に、真っ赤な後ろ姿で悪魔ベリアルが降り立つ。

「ひ……ひぃぃ！」

情けなく叫んでようやく伯爵が消火した時には、戦っていた者のうちでエクヴァルだけしか立っていなかった。彼はヒュッと剣を振って、鞘に仕舞う。

「……つまらない。弱い相手は何人いても楽しくない」

「全くである。どうせなら竜でも仕込んでおけば良いものを」

彼といいベリアルといい、なぜこうも私の周りにいるのは好戦的な男性ばかりなのか。

伯爵は〝契約者〟という単語で、ベリアルが悪魔だと察したようだ。倒れた男達などそのままに、近くに控えていた彼の護衛を伴《ともな》い、さっさと逃げてしまった。

トゥーラはエクヴァルの剣の腕前とベリアルの登場にビックリしたらしく、すごいと何度も繰り返していた。

「あ、ありがとうございました！　これで伯爵も懲《こ》りてくれるといいんですが……」

「まあ、ああいう小悪党は諦《あきら》めが悪いものだからね。他の悪事の証拠も添えて、公爵閣下に進言しておきますよ。心配は不要です、可愛らしいお嬢さん」

このエクヴァルの軽口に、トゥーラは頬を赤らめている。誰にでも言っているんだし本気にするのも気の毒だけど、褒められて嬉《うれ》しいのならそれでいいか。


結局あまり散策もできないまま、王都を後にすることになってしまった。

トゥーラからは魔法を教えた代金を受け取り、気になったので用途を尋ねてみた。真実の姿を暴く魔法は、人に化けた狐のいたずら被害を防ぐために使いたいらしい。

わりと平和な理由で良かった。

三章　塩湖と、ベリアル閣下のもう一つの称号

王都から帰った私は、部屋でアムリタ作りの構想を練っていた。

羽衣草と龍《りゅう》の尻尾《しっぽ》はあるわ。精油やミツロウは、いつでも買える。海水をどうするか、あとマンドラゴラは以前エルフにもらったのが残っている。とはいえ多くはないし、里へもらいに行ったら、またくれるかな。最大の問題は、シーブ・イッサヒル・アメルという薬草。

シーブ・イッサヒル・アメルは澄んだ水中に生息している希少な薬草で、たとえ生育場所が判明しても、泳げない私では採取できないのよね。まずはビナールに尋ねてみるとして、どうしても入手できなかったら、お言葉に甘えて公爵に相談させてもらうしかないか。


考えていても結論は出ないし、休憩にしよう。台所で紅茶を淹れる準備をしていたら、トントンと玄関からノックが聞こえてきた。

「こちらに悪魔の方、それと契約者、いらっしゃいますよね？」

「……はい？　ベリアル殿にご用ですか？」

扉を開けると、立っていたのは人間でいえば十二歳位の姿をした、悪魔の少女だった。黄緑の髪で角が生え、褐色《かっしょく》の肌に明るい緑色をした瞳《ひとみ》。

「貴女が契約者？　これ、案内状。今度サバトがあるの。普通の飲み会みたいなものだから、良かったら来てね。三日後よ」

「これはご丁寧に、どうもありがとうございます。是非参加を検討させて頂きます」

初めてもらった、サバトの招待状！　嬉しいな。

子供の頃、ベリアルが誘われたのに一緒に連れて行ってもらえなくて、すごく残念だった記憶がある。今考えれば、夕方から開催だから仕方なかったのよね。

頭を下げて手紙を両手で受け取ると、小悪魔の少女は照れたように笑った。

「あたしにこんな丁寧な人、初めてよ。貴女って変わってるのね」

「そうですか？」

中に入ってお茶でもと誘ったが、手紙を渡しに来ただけだからと、少女はすぐに帰ってしまった。まだ他にも回るから、と言い残して。


そしてサバト当日の夕方、私はベリアルと一緒に会場のある森を目指していた。

エクヴァルは冒険者の仕事をすると、二日前から出掛けている。向かった先は、例の絡んできた伯爵の領地。ちょうどいい依頼があったらしい。

今回のサバトは、森の奥深くでひっそりと開催される。サバト自体が初めてなので、普段がどうかは解らないのだけど。

会場はこの辺りかな？　上空からだと見落としそうなので、森の適当な場所へ空から降りる。薄暗い道を、他の参加者らしい人と悪魔が連れ立って歩いていた。

「こんばんは、サバトへ招かれた方ですか?」

中年の女性に挨拶《あいさつ》をしたら、にっこり微笑んで頷《うなず》いた。

「そうよ、初めて見るお嬢ちゃんね」

「今日が初参加です。緊張してしまって」

「初参加なの！　いい日に来たね、今日はなんと！　王がいらっしゃるらしいの。楽しみね！」

思わずベリアルに視線を向けたが、サバトの主催に教えてはいないみたい。

「王、ですか。どなたか気になりますね」

興奮気味に話す女性に連れられて、サバトの会場へ到着した。

入り口では招待状のチェックをしている。チェックといっても、軽く確かめるくらいなもの。

いくつかテーブルが置かれていて、その上に食べ物や飲み物が用意してあり、地面にはシートが敷いてある。奥にある席は、その地獄の王のためのものらしい。森には不似合いな革張りの豪華な椅子が一脚あり、横には脚に細工のあるサイドテーブル。

それと魔王の契約者用らしききれいな椅子、他にもその左右に三脚ずつ椅子が置いてあった。その前には丸い小さなテーブル。

ベリアルはどうしたらいいんだろう。考えていると、執事のような格好をした五十代くらいのスマートな男性が、こちらに近づいてくる。

「こんばんは、お二方。こちらの方は爵位を持っていらっしゃいますね?　もし宜しければ、そちらの椅子をお使いください」

なるほど、突然貴賓が訪れた時に備えて椅子が多いのね。でもどうしよう、もし魔王がベリアルと同格とかだったら……。メインの椅子は一つしかない。

「では、座らせて頂くかね」

高慢に笑い、優雅な足取りで椅子に向かうベリアル。他の参加者達があの方はどなた、と羨望《せんぼう》の眼差しを向けている。

ああ……、何も問題が起こりませんように。

ベリアルの隣の椅子に、私も座らせてもらう。すぐに会場中の視線が集まった。

興奮した悪魔の一人が足を組んで座るベリアルの前に進み出て、突然ひれ伏した。

「ベリアル様ではございませんか‼　まさか、このサバトにいらっしゃるとは」

「招待状を頂いたのだよ。ちょうど退屈であったのだ」

「まさか、本日いらっしゃる王がベリアル様だとは！」

この発言に、一部の観衆がざわついた。

そうなのである、王が二人になってしまうのだ！

まずい、椅子をもう一脚、しかし間に合わないと主催者側が焦っている時だった。

中央に二人が空から舞い降りた。

豪華なコートにスキンヘッドの、高身長で筋骨隆々《きんこつりゅうりゅう》な男性。その逞《たくま》しい腕に支えられ、寄り添うように掴《つか》まっている、露出が多いイブニングドレスを着た胸の大きな女性。黒くて長い髪が艶《つや》やかで、とてもキレイ。

「こんばんは、皆さん。お誘いありがとう。ダーリンも喜んでいるわ」

「この中でも君が一番美しい、ハニー。今夜は素晴らしい夜になりそうだ！」

悪魔と人間の恋人同士なんだ。ダーリンとハニー！　初めて聞いたわ、その呼び合い方。それにもう、

「王だと申す故、誰かと思えば。貴様かね、アスモデウス」

「……てめえ、ベリアルじゃねえか！　地獄へ帰ったんじゃなかったのかよ！」

うわあ、最悪！　仲が悪い人だったようだ‼

周りの皆も困っている……！　でも、魔王同士を止められるわけがない。

「ダーリン、どうしたの？　お友達なら紹介して」

「君が気にする相手じゃないよ、ハニー。今日の主賓は俺達だからな！」

「……はっ。主賓が聞いて呆《あき》れるわ、相変わらずの好色漢よ」

「てめえこそ、貧乳を連れやがって！　巨乳美女が羨《うらや》ましいか、ロリコンが！」

私の扱い、なにそれ⁉　そんなに大きくないけど、貧乳ってほどじゃないと思う。

二十四歳です！

くだらない貶《けな》し合いが、ヒートアップしてる……。

ハニーと呼ばれた美女が、戸惑いながら私の方へやって来た。

「あなた、彼の契約者よね？　どうなってるのか解る？」

「申し訳ありません。招待状を頂いて参加しただけなので、私も驚いてしまって……」

私達や周囲の困惑をよそに、二人は情けないケンカを続けていた。

「てめえはモテるフリをしても、遊ばれてるだけじゃねえか。コロコロ相手を替えて！」

「ふ……仕方あるまい、誰もが我の寵愛《ちようあい》を欲しがるのだよ」

何が仕方ないだか。呆れるわ。

「それに比べて今の俺は、ハニーの愛であふれている。最高にハッピーだぜ⁉」

「だから何だねっっ！」

「てめえみたいな三下《さんした》とは違うってことよ。残念だったな！」

「……痛い目を見ないと、格の違いが解らぬようだな」

「どっちがだ！」

さらに雰囲気が険悪なものに。徐々に魔力を高めて、危険度が増していた。

「……困ったわね、魔王同士が争ったら大変なことになるわ」

「そろそろ魔力を使いそうな雰囲気になってきましたね。止めるしかありません」

私はアイテムボックスの中からマジックミラーを取り出し、幻影の召喚の準備を始めた。

「まさか……、他にも王と契約してるの！？？」

「いえ、ベリアル殿が問題を起こしたら仲裁してくれる、という約束をしてくださった方がいらっしゃいまして。皆様に、失礼のないようにとお伝えください」

防衛都市の帰りに、ベリアルに頼まれてマジックミラーで幻影を召喚した、ルシフェルという王がいるのよね。ベリアルよりも格上みたいだし、きっとダーリンにも影響力があるだろう。

「助かるわ、主催の方にお知らせしてくるわね」

巨乳美女は、わりと常識的ないい人だった。地獄の王の契約者なんて滅多に会えないし、できれば早く解決させて色々とお話ししたい。


「異界の扉よ、開け。永遠なるサバオトの偉大な御名のもと、この鏡に幻影を映し出したまえ。お姿を現しください、地獄の王ルシフェル様」


キラキラと小さな光が集まり、だんだんと増えて人の形を作っていく。

プラチナよりも輝く銀の髪に水色の透き通る瞳、白いローブに身を包んで真っ青なケープを羽織り、天使のように美しく温和な表情をした、青年の映像が現れる。

周りの人々は頭を下げつつも、この見目麗《みめうるわ》しい悪魔を覗《のぞ》き見《み》ていた。

「やあ、人間の娘。ベリアルが問題を起こしているようだね」

「はい。お呼び立てして申し訳ございません、取り成しをお願い致したく……。サバトに招かれたのですが、折り合いの悪い方がご一緒になったようで」

「アスモデウスか。相変わらずだ、彼も仕方ないね」

苦笑いをして、ルシフェルは二人の方を向いた。

「二人とも、少しは落ち着きなさい。迷惑を掛けないように」

私との会話より音量を上げてやんわりと諭すが、ヒートアップしている彼らには全く届かなかったようだ。


「前々からテメーは気に食わなかったんだよ！」

「結構ではないか。貴様などに好かれたくはないわ」

「だいたい俺を好色とぬかしやがったが、邪淫《じゃいん》の罪に堕として二つの町を壊滅させて笑ってやがった、テメーに言われたくねえわ！」

「ははは、色欲で己《おの》が身を滅ぼしかけた貴様とは、訳が違う故な！　我には真似できんわ！」

「……やるかこの野郎！」

「このような場所で、無様な姿を晒《さら》さぬ方が良いのではないかね？」

そう詰め寄りながら、二人は魔力をどんどん高めて、攻撃のタイミングを計っている。

……怖い、ルシフェルの笑顔が怖い。

「……人間の娘。君、ルキフゲ・ロフォカレを屈服させた術があったろう。アレで二人を止めてみなさい」

「屈服といえるほどのものでは。それに、さすがに王を二人となりますと……」

「……それとも、私の手を煩わせるのかい……？」

「いえ！　全力でやらせて頂きます‼」

さすがに地獄の王、迫力があるわ……！

私はアイテムボックスを開けて万能章と、杖《つえ》代わりの棒を準備した。

巨乳美女が、こちらに興味を示している。他人の手段が気になるのは当然だよね。

「精霊の力、この符に宿れり。万能章よ、大いなる偉力を余すことなく発揮せよ！」

万能章からは視覚的にもハッキリと映るほどに、濃い魔力が湧きたち始めた。ほおおと感心する声が、どこからともなく耳に入る。

その魔力を棒に集め、悪魔への支配力に変えていくのだ。

「アグラ、サバオト、エル・シャダイ‼　至高の名において我、イリヤが命ずる！　地獄の王ベリアル及び、地獄の王アスモデウス！　諍《いさか》いをやめ、静まれっ！！！」

神秘なる神の名を三つ唱え、前回よりも強制力をアップ。この万能章を使う時は、力強く命じないとならないんだよね。呼び捨てとか大丈夫だろうか……。

バチンと大きく、見えない質量が弾けた。二人の高めていた魔力が急速に失われたのが感じられる。なんて効果絶大なの！

二人は一瞬顔を見合わせて、同時に私を振り向いた。意外と気が合うね。

「この野郎、ベリアルの契約者が‼　邪魔しやがったうえに、俺の名を呼んで命令したな！」

「イリヤ！　そなた、この男だけでなく何故、我にまでするのだ！　思い知らせるチャンスであったに！」

「……君達。彼女ではなく、私が直々に止めるべきだったかな？」

笑顔でご立腹する青年の姿を目《ま》の当たりにして、二人の顔色が一気に変わった。

「ルシフェル様……！」

「ルシフェル殿……！」

どちらもこの方には弱いらしい。これで私が咎《とが》められることはないだろう。安心した。

「君達には呆れるよ。このような場で魔力まで使って、争いを起こそうとは」

「いえ、それはこのベリアルのヤツが……」

「我の責任にするでないわ、貴様こそ生意気な」

「……いい加減にしたまえ！　先ほどは私の言葉を無視し、今度は私の言葉に不満があるのかい？」

随分と偉くなったようだね？」

ちょっと語気が荒くなっただけで、ものすごい威圧がかかる。幻影なのに。

二人とも小さくなって、素直に謝っている。

「失礼致しました……」

「これ以上はせぬ……」

「……全く君達は。私はこのような、交流の場としてのサバトを推奨している。それを汚《けが》そうというのかい？　王が二人、雁首《がんくび》並べて実に嘆かわしい」

滅多にない、正座で叱られる地獄の王二人。悪いけどちょっと面白い。

ベリアルもアスモデウスも、もうハイしか言葉がない。

「……さて、せっかくのサバトに水を差すのも無粋だね。人間の娘、私も招待してくれるかい？久々にサバトの空気を味わうのもいいだろう」

「あ、えと……」

私が主催者をちらりと窺《うかが》うと、コクコクと大きく首を縦に振っている。断るわけないか。

「私が召喚を致して、問題ないでしょうか？」

「君の術はなかなかに見事だった。君に任せよう」

できれば別の人を指名して欲しかったけど、これでは私がやるしかないか。既に衆目を集めているし、恥ずかしいな。

「ありがたく存じます」

私はすぐに道具を用意して、座標になる円と五芒星《ペンタグラム》、それから四つの名前を書き入れた。気持ちを整えて、呪文を唱える。

「呼び声に応えたまえ。閉ざされたる異界の扉よ開け、虚空より現れ出《い》でよ。至高の名において、出でませ地獄の王、ルシフェル様」

円からまばゆい光の柱が出現し、輝きは天まで昇るほどに伸びていく。中からあの秀麗な悪魔が、厳《おごそ》かに姿を現した。

ミラーの幻影でも十分に素晴らしい姿だった。実際に出現するとより存在感があり、神々しいほど美しい。これが悪魔なのか、と疑問を感じる程に。

周囲からは感嘆の声が上がり、なぜか拝んでいる人までいる。

「なるほど……ストレスなく渡れる。君は腕のいい召喚術師だ」

なんと褒められた。巨乳美女もすごいわね、と私の手を握ってはしゃいでいる。

一つしかない豪華な椅子にはルシフェルが座り、左右にベリアルとアスモデウスが陣取るという、豪華サバトの開幕だ。

今回のサバトの参加者は、それはもう盛り上がっている。どんどんとお酒が注がれ、ダンスを踊ったり、歌を歌ったり。一度に三人の王に芸を披露できる機会なんて通常ないので、順番の取り合いさえ起きている。

三人の地獄の王の御前にはあいさつの列が途切れない程で、ケンカをする暇もなくて良かった。まあ、間にルシフェルを挟んで争うことはないだろう。

特に滅多に人間の世界に姿を現さないルシフェルの参加に、全員が歓喜している。さすがに話し掛けにくい様子ではあったけど、麗しいお姿を拝見できただけでも果報だと、誰か解らないけど失神しそうなほどの喜びようだ。

私のところにも、主催の男性があいさつに訪れた。

「ありがとうございました！　一時は本当にどうなることかと……。それがこのように素晴らしい会になるとは！」

男性は喜色満面で、滅多にない王が三人も臨席したサバトに、高揚感が高まっている。

「お力になれたようで、安心致しました。全てルシフェル様のおかげでございます」

「いえいえ、貴女の術はとても完璧《かんぺき》でした！　まさか王、お二人の魔力を封じるとは……！」

「万能章という、強い護符を持っているのです」

「聞いたことがない護符ですな。しかし本当に素晴らしい！」

私も他の悪魔との契約者と色々話ができて、有意義だった。

サバトに来るような人は皆、悪魔と良好な契約を得ている。まだ契約のない悪魔、悪魔と契約を結びたい人なども、交流の場にしているそうだ。たまにこの場での契約成立もあるとか。

招待状がない人は、持っている人と一緒に来なくてはならない。もしくは主催者を探して、自分からもらいに行く。

ちなみに、契約している悪魔と一緒なら、飛び入り参加もＯＫになる。悪魔は招待状がなくても参加を歓迎していると、教えてもらった。

「さて、人間の娘。君の術を使わせたのは私だ。褒美をあげよう」

唐突にルシフェルが私に提案してきた。ベリアルは何だか誇らしげで、周りの皆から私に羨望《せんぼう》の眼差しが集まっている。

そしてこれは、断ると怒られるイベントだ。

「ほ、褒美ですか。どのようなものを……？」

「そうだね。私に与えられるものなら、どんな望みでも叶《かな》えよう。財宝はこのベリアルからもらえるだろう、他のものにしなさい」

ん？　ベリアルから財宝？　くれるんだったっけ⁇

とにかく、欲しいものを考えてみる。うーぬぬ。今のところ、特別困ってはいない。素材が欲しい……とか、そんなものだ。素材でもいいのかな、となると逆に欲しいものが多すぎる。

……はっ。アムリタを頼まれていたんだ。より良いアムリタ作りの、お知恵を拝借できまいか。

「僭越《せんえつ》ながら申し上げます。私は魔法アイテム職人をしております。実はアムリタに使う海水はどのようなものが良いか、悩んでおりまして。そのことについてご存知でしたら、ご教授願いたいのです」

「アムリタね。難しいものを作っているね。それならば海よりも塩湖の水のような、魔力が濃く集まったものがいい。塩分が強すぎるようなら薄めて」

「ああ！　ありがとうございます、是非試させて頂きます‼」

私は胸の前で祈るように指を組んで喜んだ。これは有益な情報だ！

エグドアルム周辺に塩湖はないから、考えが及んでいなかった。沖がいいか浅瀬がいいか、深さはどのくらいか悩みながら、普通に海水を汲《く》んでいたわ！

「……実物を与えなくていいのかい？」

「それはベリアル殿と探しますので！　もう、今すぐにでも飛んで行きたい気分です！」

「……変わった娘だね、ベリアル」

情報を得てはしゃぐ私を、ルシフェルは笑顔で眺める。ベリアルはちょっと苦笑い。

「こやつのことは、我にも理解しかねる」

その後もサバトは朝まで続いた。私には塩湖に関する情報を教えてくれる人がいて、とても嬉《うれ》しかった。しかも隣国！　これならすぐに行けるね。

最後の言葉はルシフェルから。

「飛び入りして申し訳ないね。とても楽しいサバトだった。これからも、皆仲良くするように」

にっこり笑って、ベリアルとアスモデウスに顔を向ける。

二人は引きつった笑顔をしていた。

参加者からの惜しみない拍手と歓声に見送られ、私がルシフェルを地獄へと送還した。これでサバトはお開き。

巨乳美女は私もベリアルの恋人だと勘違いしていたから、違うとキッパリ否定しておいた。彼女は悪魔の恋人が欲しくてサバトに参加し続け、ゲットできたのがアスモデウスだったという。

王をゲットとか、すごいわサバト！

彼女の職業は〝魔女〟。私は知らなかったんだけど、これは大陸の南にある国の一部では、まだ残っている職業なんだって。しかし国によっては差別の対象になってしまうとか。難しいんだな……。

また連絡を取りましょう、と握手して別れた。

ちなみに彼女は飛行魔法が使えないので、アスモデウスの腕に抱かれながら飛ぶんだそうだ。そしてそれが、とても幸せだとか。

◆◆◆

早速、塩湖を探してゴーです！

先日のサバトにて、アムリタに使うなら海水よりも塩湖の水の方がいいと、ルシフェルから教えてもらった。その塩湖がこのワステント共和国にある、との情報も得たのだ！　他の素材も探しながら、まずは塩湖の水をゲットしちゃおう。

今回は飛行魔法であちこちと細かく移動しそうだし、エクヴァルはお留守番。彼は引き続きこの前の伯爵の悪事の調査をするので、ちょうどいいとか。

『追い詰める時は徹底的に』が、モットーだそうだ。笑顔で言われても。

今いるのは塩湖に近いという町、コアレ。チェンカスラー王国の北にある、ワステント共和国の南側の町。この国は王ではなく、元首と呼ばれる選挙で選ばれた人が治めているらしい。選挙といっても、貴族だけで行《おこな》うそうだ。

まずはコアレの町で、サバトの時に塩湖の情報をくれた悪魔と契約者を、ベリアルが訪ねてくれている。私は街で情報収集するので、今はベリアルと別行動中。商店街を歩いていた。

塩湖が目当ての観光客も多いらしく、お土産物屋がたくさんある。地面に布を敷いて、塩や変わった雑貨を色々と売っている露店も並ぶ。

店が続く区画を通り過ぎ、公園で一休みしようとベンチを探していると、花壇のレンガに座り込む男性が目に入った。

六十歳くらいだろうか。ガッシリした体格の、元は兵士か冒険者かと思われる様相で、髭《ひげ》を生やしている。長袖《ながそで》長ズボンに、腰に茶色い布を巻いていて、髪は白みがかったグレー。

腰を曲げて、右手で足をずっと摩《さす》っている。顔を歪《ゆが》めているし、痛いのかも。

「あの……、突然失礼致します。どうかされましたか？」

男性は私を見上げ、戸惑ったような表情をした。

「いや、古傷が痛むだけだ。いつものことよ」

ふくらはぎ全体を手で撫《な》でているところを見ると、かなり大きな傷跡なんだろう。

私はその場に片膝《かたひざ》をついて視線を合わせ、痛み止めの軟膏《なんこう》を取り出した。

「こちら痛み止めの軟膏でございます。宜しければお使いください」

「……どうせもう、どうしようもないのだ。儂《わし》のことはお気になさらず」

男性は苦笑いを浮かべながら、首を振る。

「私が作製しました薬です。どうぞ、遠慮なさらずに」

笑顔でさらに勧める。アムリタがあれば古傷にも効いたのに、くうう。

こんなにアムリタが必要になる場面が訪れるとは。せめてこの痛み止めで、少しはマシになってくれるといいな。

「……お嬢さんが作った軟膏か。折角のご厚意、では使わせて頂こうかな」

「イリヤ！　確認は取れた、参るぞ」

男性が受け取ってズボンの裾《すそ》をめくり、軟膏を塗っている最中に、ベリアルが姿を現した。

予想よりも大きくて、かなり痛々しい傷跡だ。これでは戦えなくなっても仕方ないだろう。

「すみません、連れが参りました。そちらは差し上げますので、痛みが引かなければ、またお使いください」

「それは悪い、……しばし待たれよ、これからどこへ行くのだ？」

「塩湖です！　ではっ」

私はベリアルのもとへ駆けて行った。

軟膏を受け取った男性は慌てて裾を戻しながら、声を大きくして呼び掛けてくる。

「待ちなさい！　塩湖は強力な魔物が出て、今は封鎖されている……！」

立ち上がり手を伸ばした男性の言葉は、私の耳には届かなかった。

塩湖へ行くには森を抜け、木が少なくなって石や赤茶けた岩山になるまで進む。観光地になっているから、分かりやすいそうだ。

空からコアレの町を抜けた。森の手前に数軒の民家があったが、ちょうど今は誰の姿もない。森へ入る前に飛行をやめ、徒歩に切り替える。森の道は広めに整備されていて、観光地なんだし往来がありそうなのに、全く人と会わない。不思議だ。

そういえば町からこちら側に来る出口で、門番が出ようとした人を止めているのが空から見えた。もしかして、閉鎖中だった？

しかし来てしまったものは仕方ない。もし誰かに咎《とが》められても、知らなかったで通そう。どうしても塩湖の水が欲しいっ！

ベリアルと二人で歩き続けていると、両脇の木々が何本も倒れているではないか。これは何か大きな魔物がいるに違いない、だから誰にも会わないいんだ……。やはり立ち入り禁止だったのね。

「なにやら楽しいことになっておりそうだな」

ベリアルは面白そうにしている。ドラゴンが出て来て欲しいんだろうけど、ブレスの痕跡《こんせき》はない。少なくとも中級以上のドラゴンということはないいんじゃないかな。

辺りに注意しつつ、慎重に進んだ。ベキベキと樹木を折る音がして、ドオオンと倒れる振動が伝わってくる。木や草の間から姿を現したのは！

真っ黒い巨大な蛇だった。それこそ、人間なんて簡単に丸飲みにできるような。

「ぬ……！　面倒なものがおったな。地獄の蛇である。誰が召喚したのやら、こやつは火が効きにくいのだ……！」

「では雷撃でも喰らわせましょう」

ゆっくり詠唱を開始し、巨大な蛇が私達を捕食にかかる瞬間を待った。

「光よ激しく明滅して存在を示せ。響動《どよめ》け百雷、燃えあがる金の輝きよ！　霹靂閃電《へきれきせんでん》を我が掌《てのひら》に授けたまえ。鳴り渡り穿《うが》て、雷光！　フェール・トンベ・ラ・フードル！」

これは手から稲妻を放ち、相手にぶつける魔法だ。空から落とすものより威力も範囲も小さいが、痺《しび》れる効果もあり、使い勝手は良い。

近づいて開いた口の中に雷撃を撃ち込めば、体内で爆発が起きて蛇は動けなくなった。口から煙を吐いている。しかしまだ、完全に倒せたわけではない。弱ったところをベリアルが炎の剣で真っ二つに斬り、討伐は完了。

「なんとも手応えのないものよ……」

面倒だと言ったり、手応えがないとボヤいたり。どっちがいいのだろう……。

それにしても、これが閉鎖の原因だったのかな？　それとも、他にもまだいるのかしら。

そのまま森を抜けると岩や砂の道になり、遠くに赤茶けた低い山が広がる場所に出た。ごろごろした岩が続く先に、水が輝いている！

これが塩湖⁉　岩の表面が白い！

普段は観光客がいるのかな。砂浜のような湖畔に木の小屋がいくつか立っている。水を舐《な》めてみるとしょっぱくて、確かに塩水！

これね！　これでアムリタを作ればいいのね！

しかし人がいない状況がどうにも気になる。魔物がいて引きずり込まれないよう、水を汲む前に慎重に塩湖を覗《のぞ》き込《こ》んだ。

「もっと何か出てくるかと心配したんですけど、大丈夫ですね」

「……いや、おるな」

ベリアルの視線が塩湖ではなく、岩場の先へ向けられている。

しんとした空間に、土を踏む足音。大きな岩の裏から、人の姿をした何かが現れた。

「……これは、ベリアル。地獄の王がこのような場所に？」

「キングゥ。そなたであるか」

知り合いかな？　でも悪魔ではないみたい。かといって、天使でもないだろう。

「俺は単に旅の途中だ」

「我も似たようなものであるな。イリヤ、離れておれ」

「はい……？」

敵ではないようだけど、とりあえず言われた通り離れておく。するとキングゥと呼ばれたグレーがかった暗い薄水色の髪をした男性は、金の瞳《ひとみ》を輝かせ、素早く腰の剣を抜いた。ベリアルもそれに合わせて炎の剣を出現させる。

え！　戦うの⁉

私が狼狽《ろうばい》している間にキングゥは軽く岩場を蹴《け》って飛び上がり、ベリアルに届いてそのまま斬りつけてきた。ガキンと剣が合わさり、二人が近くなる。

「アレが契約者か。珍しいな、君を喚《よ》ぶのは栄耀栄華《えいようえいが》を求める者ばかりと思っていたが」

「そちらこそ、一人かね。母を訪《たず》ねて参ったと聞き及んでおるが」

「……里をあけるなと叱られた」

「こちらのアレは、金銭より知識欲の旺盛《おうせい》な者である。厄介な小娘よ」

話しつつ何度も剣を交えている。純粋な剣の腕だけでは、相手の方が上のようだ。

ベリアルが剣から火を燃えあがらせ残像のように残せば、キングゥは水を用いてそれを消し止める。魔法の腕はベリアルが優《まさ》っている。

踏み込んでキングゥが斬りかかると、ベリアルは軽く後ろに飛んで躱《かわ》し、手を翳《かざ》して火の柱を二本ほど相手との間に築いた。

しかしそれで止まることなく、炎をくぐってキングゥが追いかける。

再び剣がぶつかった。

柱となっていた炎は伸びて細くなり、敵を狙って飛ぶ蛇のように変化し、火の粉を散らしながらキングゥを後ろから追い掛けた。

「……こうきたかッ！　さすが、炎の王！」

すんでのところで横に飛びのき、火の行く先を目で追っている。ふわりと靡《なび》いたキングゥのマントも、ギリギリで燃えずに済んだ。

伸びた赤い火はベリアルの剣に戻り、メラメラと大きく燃える。

「よくぞ避けたわ！　では次だ‼」

今度はキングゥがいた場所に爆発が起きるが、既に彼はベリアルの目の前だ。

「簡単に喰らうか‼」

繰り返し響く、剣戟《けんげき》の音。二人とも楽しそうに戦っている。

私はとりあえず塩湖の水を汲《く》むことにした。瓶を沈めて、いっぱいになったらフタをしっかりと閉じる。何本か注いだところで、水底で動く長い影に気が付いた。

徐々に浮かび上がり、近づいてくる。

蛇のような姿をして、暗褐色で喉《のど》に白い斑点《はんてん》があり、背中には海藻のようなたてがみ。塔よりも長い、シーサーペントだ。

ただ、塩分が濃すぎるのか元気がない。動きが緩慢なのだ。どこかから紛れ込んだの？

「雲よ、鮮やかな闇に染まれ。厚く重なりて眩耀《げんよう》なる武器を鍛えあげよ。雷鳴よ響き渡れ、けたたましく勝ちどきをあげ、燦然《さんぜん》たる勝利を捧《ささ》げたまえ！　追放するもの、豪儀なる怒りの発露となるもの！　ヤグルシュよ、鷹《たか》の如く降れ！　シュット・トゥ・フードゥル！」

重く黒い雲が重なり、稲光が走る。ゴロゴロと太鼓を打ち鳴らすような大きな音が響いて、太い閃光《せんこう》が槍《やり》のように落ち、私を狙い頭を上げたシーサーペントに直撃した。

「また蛇。竜じゃなくて残念」

水面にぷっかりと浮いたシーサーペントを眺めていると、後ろからベリアルの笑い声がしてきた。

「そ、そなたよくも、この状況でそれを口にできたわ……！」

そんなに笑うことないのに。キングゥの方は、なんとも微妙な表情で私に顔を向けている。

「……なるほど、厄介な女というわけだ」

気が削《そ》がれたと剣を鞘《さや》に仕舞って、代わりに大きくて平たいものを取り出し、私に投げた。

「……これは」

鱗《うろこ》？　くろいうろこ。

「……そんなに竜が良ければ、君にやる。退屈させた詫《わ》びだ」

それだけ喋《しゃべ》って、キングゥは何事もなかったように姿を消した。本当になんだったんだろう。

ベリアルはというと笑うのをやめ、ほお、と鱗を覗き込んでいる。

「これ……⁇」

「良かったではないか。これは、アレの母の鱗だ。貴重な品であるぞ」

ベリアルが貴重だと表現するなんて、とんでもない品に違いない。

改めてじっくり観察してみる。

色は艶《つや》やかな漆黒で、硬く厚みのある大きな重い鱗。竜に思えるんだけど……。

属性は……水、潮の匂いがする。人の姿を取るということは、竜の中でも最上位、……竜神族⁉

……海の……黒い……竜！！！

「ティアマト！！？」

「正解である。アレは息子で黒竜の軍の総指揮官、キングゥ」

「ええ⁉　どうして戦って……、なんで鱗！？？」

私はすっかり混乱してしまった。なぜ地獄の王と黒竜の若頭が、仲良く戦っていたの？　友達？　物騒な友達なの？

「あんなものは、あいさつ程度よ。鱗は、彼奴《きやつ》は強き者を好むからな。気に入られたのではないかね？　強力な雷の魔法を落として敵を屠《ほふ》り、竜が良かった、などと申すのだからな！」

「彼が竜神族なんて、知らなかったんですー‼」

ベリアルが笑うわけだ。最高峰の竜の前で、竜を倒したかったと宣《のたま》ってしまった。

本当にとんでもない失言だ……。


キングゥと別れてコアレまで戻った私達は、もう夕方も近かったので、ここで一泊することにした。塩湖が閉鎖されている影響で、宿の部屋は閉鎖が解かれるのを待つ人で埋まっている。五軒目にやっと、空きがある宿を見つけられた。

あとアムリタに必要な素材で入手困難なのは、シーブ・イッサヒル・アメルという薬草だけ。マンドラゴラは当てがあるし、他に不足しているのはすぐ手に入るようなものばかり。

シーブ・イッサヒル・アメルはきれいな水の中に自生していて、なかなか見つけられない。お店で聞いても、名前すら知られていないことも多かった。どう探せば良いやら……。チェックアウトしてから塩湖の塩を買って、町を散策してみる。今朝、討伐隊が塩湖に向けて出発したと、宿の人から教えてもらった。

悪いことをした……。もう倒しちゃった。

蛇を撃破したし、シーサーペントは塩湖に浮いたままだろう。手に入れた黒竜の鱗はどうしようかな。装備品に加工するにしても、けっこう重いんだよね、これ。

散策していると、昨日会った筋肉質でグレーの髪の、髭《ひげ》を生やした初老の男性が私に気付いて手を振った。服は変わらず、長袖《ながそで》長ズボンに、腰に茶色い布を巻いている。

「昨日のお嬢さん‼　良かった、まだ町を発ってなかったんだな！」

「先日は慌ただしくしてしまい、申し訳ありません。古傷の様子は如何《いかが》ですか？」

私がお辞儀をすると、男性はこりゃどうも、と頭を下げた。

「お陰でだいぶいい。この通り、歩けているよ」

ほうほう、効果あり。とはいえ長く続くわけではないので、やはりアムリタ軟膏《なんこう》を使って傷を癒やす方がいい。完成したら、彼にも届けてあげたい。そして経過を観察したい。

話をしていると、別のお店で買い物をしていたベリアルが合流した。宝飾品店を覗いていたらしい。彼は基本的に、宝石や金など、光るものが好きなのだ。

「……契約を、しているのか？」

「お分かりになりますか？　悪魔のベリアル殿です」

さすがに戦場に身を置いてきた人だ、危険に関して勘が働くのかな。悪魔や召喚について知識のある人なら、むやみに爵位を尋ねたりもしない。なぜ質問するのか、疑われるし嫌がられる。たまに自分からバンバン自慢げに話す悪魔とかもいるけどね。

「お嬢さんは魔法アイテム職人ではなく、召喚師……？」

「現在の職業は職人でございますが、召喚師でも魔法使いでもありますよ」

お決まりのセリフになってきたわ。

「雑談は終わりにせぬか、そろそろ参るぞ」

「あ、はい。ではこれで。お大事になさってください」

ベリアルに促されて移動しようとしたら、男性が慌てて止めてくる。

「塩湖は討伐が成功すれば、明日から出入りが解除されるが？」

「いえ、そちらはもう大丈夫です。現在はシーブ・イッサヒル・アメルという水の中に生える薬草を探しております」

「……聞き覚えがあるな。このワステント共和国では、採り尽くされてもう手に入らんと言われていたような。チェンカスラー王国なら、あるかも知れん」

なんと！　この男性は、私の探しものに心当たりがあるらしい！　やった、希少な薬草の情報を得たわ！　そしてさらに、男性は説明を続ける。

「通常は売っておらんよ。冒険者ギルドで依頼として出すといいだろう」

「ご親切にありがとうございます。チェンカスラーから参りましたが、全く存じ上げませんでした。早速戻って依頼してみたいと思います」

親切に教えてくれた男性に、しっかりとお礼を告げた。

「いや、こちらこそ世話になった。道中、気を付けてな」

「そちらもお元気で。失礼致します」

軽くお辞儀して、私達は空へとサアッと翔《か》けた。


「うーん……でもきっと、レナントにはないですよねえ……」

「帰り道であるし、防衛都市にでも寄ってみてはどうかね？　あの者達ならば、存じておるのではないか？」

あの者達とは、以前関わった防衛都市の指揮官ランヴァルトと、筆頭魔導師バラハだろう。確かにこういう薬は使うだろうから材料を保管していそうだし、仕入れ先を尋ねるのもアリかも。余っていたら、上手く分けてもらえないかな。

「では、次の目的地は防衛都市ザドル・トシェですね！」

前回は火竜、魔物の大群、竜人族《ズメウ》と色々あったけど、平和にいくといいな。

……もしかして、ベリアルはまたトラブルを期待しているんではないだろうか。

そして見えてきた、高い防壁に囲まれた防衛都市、ザドル・トシェ。

今回は跳ね橋が架けられている。あそこから入らないといけない。厚い壁の上の歩廊には常に見張りがいるから、飛行魔法でこっそり入ろうにも止められてしまうだろう。表に回るしかないな、と考えていた時だった。

誰かが都市から、飛行魔法でこちらへ向かって来る。ミスリル製の杖《つえ》に黒い宝石を埋めていて、黒いローブを着た男性。

「バラハ様！　お久しぶりです！」

「やっぱり、イリヤさんとベリアル殿。今日はまた、どうしてワステント共和国側から？」

私達は彼と防衛都市の壁の内側へ降りた。

さすがに筆頭魔導師と一緒なので、誰にも咎《とが》められない。

「実は塩湖に行って来たのです。その後シーブ・イッサヒル・アメルを探していたら、チェンカスラーで入手できると耳にしまして」

「……塩湖は観光、じゃなさそうな。……もしかして、アムリタでも作る？」

「その通りです！」

この材料だけで、やはり解るのね。でも自分で言い当てたのに、なんでバラハは驚いた顔をしているんだろう？　会話をしていると、早足で近づく足音が聞こえた。

金茶の髪に緑色の瞳《ひとみ》をして、白い鎧《よろい》を纏《まと》った騎士。この都市に駐在する軍の指揮官、ランヴァルト・ヘーグステットだ。

「イリヤさん？　イリヤさんではないですか。先日は色々とありがとう！」

手を差し出してきたので、握手を交わす。

「本日はどのような用件で防衛都市に？　協力するから、遠慮なく言ってほしい」

一介の魔法アイテム職人に対して、丁重な指揮官と親し気な筆頭魔導師。通り過ぎる人がどういう関係だと、振り返っているよ。

この場所だと目立つわ。近くの喫茶店に移動しようと、ランヴァルトが提案してくれた。


おおお。この喫茶店はスイーツがとても充実している。

注文したパフェはフルーツがたくさん載っていて、美味しい！　バニラアイスとの相性が最高だわ……。アイスは高級品に入るので、庶民的なお店だとなかなかメニューにないよ。

エグドアルムでは貴族の食べものになっている。

バラハも甘いものが好きらしく、プリンパフェを堪能していた。ランヴァルトとベリアルは紅茶だけ。

「イリヤさん、本当に美味しそうに食べるね」

ランヴァルトの緑の瞳が、優しく細められている。ちょっと恥ずかしい。

「好きなんです、スイーツ。この前お茶に招待して頂きまして、アウグスト公爵の邸宅で、初めて憧《あこが》れのアフタヌーンティースタンドを……」

「ちょっと待った！　なんで公爵⁉」

しまった、口が軽くなってる！　スイーツの魔力だわ。

スプーンに震えるプリンを載せたバラハが、ツッコんでくる。

「いえ、その、庇護《ひご》して頂けることになりまして」

「だからってさ……」

「……公爵は、魔導師や職人を優遇されることで有名だからね。さすがイリヤさん」

穏やかな口調でランヴァルトが、さり気なくバラハの追及を止めてくれる。

ベリアルはニヤニヤしている……。自分からバラすとは、とかそんな感じだろうな。くうう。

「それよりもそなた、シーブ・イッサヒル・アメルであろう」

珍しく助け船が出された。これは泥船じゃないことを祈る。

「ああ、そうだったね。バラハ、ありそうか？」

「残念ながら、ないよ。ギルドに依頼した方がいいね。確か山にある泉で採れる、とか聞いたかな」

なかったか。でもこの近辺に生息しているのね。私が泳げたら自分で探して採ってもいいんだけど、泳げないいんだよね……。

「で、もう竜はおらんのかね」

これが本題でしたか‼　ランヴァルトはこのふざけた質問に、真面目に答えてくれた。

「この近辺は、通常なら竜は出現しない地域ですよ……」

ベリアルはかなり、ガッカリしていた。元から竜の出る恐れがある場所だったら、魔導師がブレスの防御魔法を習得していないわけはないでしょう。

シーブ・イッサヒル・アメルに関しては受けてくれる人がいないと時間が掛かるから、ランヴァルトが代行して依頼を出してくれることになった。チェンカスラーでは泳げる人が少ないらしい。早くアムリタを作りたくて気が焦るが、仕方ないだろう。

ランヴァルトに託して、防衛都市を後にした。

防衛都市を発ってから、王都の店も覗《のぞ》いてみようと進路を変えた。マンドラゴラも売っているかも知れないし。王都にある全部の素材屋を巡る旅も、楽しいかも。

飛行していると地上から見上げていた男性が飛んで、進路を遮るように私達の前に立った。

「……君達、ちょっといいかな。君がイリヤって人で、そっちが……悪魔？」

私達を知っている？　でも、初めて会う人だわ。ローブを着て杖を持った冒険者で、ランク章がローブの隙間からキラリと輝いていた。冒険者としては最高位の、Sランクだ。

促されるままに降りると、地上には六人ほどの冒険者がいた。彼と合わせて七人、うち二人が女性。

その中のリーダーと思われる四十歳くらいの、鎧姿で太い剣を腰に佩《は》いてSランクのランク章を付けた男性が口を開く。

「俺はリーダーの、セレスタンという。アバカロフ伯爵から依頼があった。そちらの恐ろしい悪魔に、女性が騙《だま》されているから助けてあげて欲しい、と。貴女には危害を加えるつもりはない、その悪魔から離れなさい」

「……は？」

どんな創作を吹き込まれたんだろう……⁇

思いもよらない展開に、間抜けな声が出てしまったわ。

「その悪魔は、村や町を滅ぼした恐ろしい悪魔なのよ！」

杖を持った魔法使いの女性が声を張る。こちらはBランクのランク章。

恐ろしいのは間違いないけど、違うというか。

「……ふふ……、ふははははは‼　如何《いか》にも我は、恐れられるべき悪魔である！　ならば、どうするのかねっ⁉」

ベリアルは楽しそう。ここで頑張って誤解を解いたら、邪魔をしたって怒られるんだろうな。冒険者も依頼を受けているんだし、簡単には引き下がれないか。

それにしても、冒険者を使って復讐《ふくしゅう》をしてくるとは考え付かなかった。

「やはり……！　どいていろ、女！　こいつは我らが倒すっ‼」

今度は三十代半ばくらいのAランクの冒険者。細めの剣でわりと軽装。

七人は、Sランクでリーダーの剣士セレスタン、Aランクの剣士と、槍《やり》を持った男性、同じくAランクのメイスの男性と弓の女性、そして魔法使いらしき男女。男性の方は、先ほど飛行魔法を使って私達に接触してきたSランク。

とりあえず後ろに退いて、ベリアルと距離を取った。私がいると邪魔になるので。

「一応警告します。あなた方が彼に攻撃をするのならば、私の敵と判断いたします。私は彼の契約者ですから」

「……すっかり洗脳されているというのは本当なのね！　卑怯《ひきょう》な悪魔め……！」

弓を持った女性が唸《うな》るように叫んだ。

洗脳されているのはそちらですよ、と思うんだけど、多分現時点で説明しても無駄だろう。よくもまあ、こんなに高ランク冒険者を集めたものだわ。

「行くぞ、みんな！　気を引き締めろ、爵位ある悪魔だ‼」

「ああ！」

気合十分だなあ。私はどうしよう？

「炎よ、濁流の如く押し寄せよ！　我は炎の王、ベリアル！　灼熱《しゃくねつ》より鍛えし我が剣よ、顕現せよ！」

ベリアルの手から炎が燃え上がり、赤黒いガーネットのような剣が現れる。

早速斬りかかってきた剣士二人のうち、Sランクのセレスタンを剣で、もう一人には炎を浴びせて防いだ。その間にも矢がベリアルを目掛けて飛んでくるが、全て燃え尽きて届くことはない。

「こんなレベルで火を使う悪魔なんて、知らないわ……！　聞いていた以上の能力ね。パーヴァリさん、急いで！」

矢を射た女性が、次を番《つが》えながらチラリと男性に視線を送る。

メイスを装備している男性が護符を掲げた。彼がパーヴァリなのね。

「聖なる護符よ、力を与えたまえ！　いと高き偉大なるお方！　サバオトの大いなる御名において、邪悪なる悪魔の力を封じたまえ！」

ベリアルの炎が弱まったのを感じる。悪魔の力の制御をしようとしているんだわ！

「ぬうッ！　煩わしい！」

ベリアルが忌々し気に吐き捨てた。

ここぞとばかりに剣を持った二人が攻撃を仕掛けてくる。ベリアルは軽く下がって、迫る二つの剣を手と炎の剣で防ぐが、かざした手から放たれている火の魔力はいつも程ではない。

「弱めてもこれか！　なんて悪魔だ……！」

一人がいったん離れ、待ち構えていたように槍の男がベリアルの胸を狙う。地面から吹き上げる炎で行く手を遮りつつ、槍の攻撃を阻害している。

「光よ激しく明滅して存在を示せ」

最初に飛行魔法で接触してきた魔法使いの男が、雷撃の詠唱を始めた。これは手から放つ方なので、防ぎやすい。敵のメンバーのことも、だいたい把握してきたわ。ベリアルに任せてばかりだし、そろそろ防御魔法を唱えようか。

でもせっかくの機会だ。私も同じ魔法で勝負してみよう。

「光よ激しく明滅して存在を示せ」

追うように詠唱を始める私に、もう一人の魔法使いである女性が、目を大きく開いた。

「あの魔法を使えるの……？　しかも、後から唱え始めるなんて！　どういうつもり……⁉」

「構わないで、貴女も悪魔に攻撃魔法を！」

弓使いの女性が、再び弓を引きながら指示をする。

「『響動《どよめ》け百雷、燃えあがる金の輝きよ、霹靂閃電《へきれきせんでん》を我が掌《てのひら》に授けたまえ。鳴り渡り穿《うが》て、雷光！

フェール・トンベ・ラ・フードル』」

私は男性に合わせて魔法を詠唱した。詠唱速度は私の方が速いようで、後から始めようが合わせるのは全く難しくない。先に撃てば相手の攻撃を止められるだろうけど、ぶつかった場合の魔法の反応を確かめたい。

同時に放たれた雷撃が激しい音と目を焼くような黄金色の光を放ち、衝突した。けたたましく響き、私の雷撃が相手のそれを凌駕《りょうが》して、押し寄せていく。

「……なるほど、こういう感じ」

同じ魔法をぶつけ合うことなんてなかったので、有意義な体験だった。

「ぐあっ！！　バカなっ⁉」

魔法を使ったSランクの男性に雷撃が届き、稲光に体が包まれる。そしてドオンという爆発音がして、後ろに吹き飛ばされて倒れ、装備していた防御の護符《タリスマン》が割れて地面に落ちた。

男性は衝撃で、すぐには起き上がれないような有り様だ。

ありゃ、ちょっとやり過ぎたかな？　Sランクって、もっと強いかと思った。


もう一人の魔法使いも、魔法を唱えている。

「水よ我が手にて固まれ！　氷の槍となりて、我が武器となれ！　一路に向かいて標的を貫け！　アイスランサー‼」


この程度なら、弱まっていてもベリアルの前には何の意味もないので見送った。

魔力でAランクの剣士を吹き飛ばし、アイスランサーを水に還す。さすがに一気に空気にはできなかったらしい。水滴が地面に染みを作った。

「やはり効果が薄くなっておる……！」

「まだまだ、遊ばせねえぜ‼」

リーダーのセレスタンと槍を持った男が、再びベリアルに向かった。

しかしこの状態でも、攻撃がベリアルを掠《かす》めることすらない。

さてこちらだ。私だったら、水属性といったらこれかな！　という魔法を唱えることにした。

「原初の闇より育《はぐく》まれし冷たき刃よ。闇の中の蒼、氷雪の虚空に連なる凍てつきしもの。煌《きら》めいて落ちよ、流星の如く！　スタラクティット・ド・グラス！」

尖《とが》った氷の柱が三本、中空より現れて冒険者達に襲い掛かる。

「な、何コレ！　あの子、凄《すご》い魔法使いだわ……！」

Bランクの女性魔法使いが、アイスランサーの数倍も太い氷の柱に驚き、視線を天に向けた。彼女は雷撃を放って競《せ》り負けたSランクの男性魔法使いに回復魔法を唱えていて、逃げられない。

「神聖なる名を持つお方！　いと高きアグラ、天より全てを見下ろす方よ、権威を示されよ。見えざる脅威より、我らを守護したるオーロラを与えまえ！　マジー・デファンス！」

光属性の、防御魔法だ。これは魔法のみを防ぐ。

唱えたのは、メイスを持ったパーヴァリ。護符も悪魔との戦いに特化したものだったし、対悪魔に徹底しているのかしら。もしや、攻撃も光の属性？　その中でも特に、聖なる神の名を唱える神聖系がくると、場が神聖化されていき悪魔の力は弱まる。

今回も〝アグラ〟の御名を使っている。

防御魔法には傷を治してもらっているSランクの魔法使いが補助に加わったため、私の魔法はかなり防がれた。それでも魔力を多くした真ん中の一本が防御魔法を突き抜け、威力は弱まったが槍を持った男性に当たった。

男性は痛みに眉《まゆ》をひそめつつも、すかさずポーションで傷を癒す。魔法使いの女性は、今度はベリアルの剣で怪我をしたAランクの剣士に回復魔法を唱えていた。彼女は回復中心ね。

その間にもベリアルの火が地面を走り、敵の近くで燃え上がって爆発を起こしたりしている。Sランクの剣士セレスタンは、器用にそれを避けながら攻撃と退避をくり返す。

傷を治した剣士と槍使いも再度加わり、緩急をつけた攻撃が続いていた。


ふと妙な感じがして、周囲を見渡した。

「……どういうことかしら、この違和感……」

弓の女性の攻撃が止まっている。そして、離れた場所から感じる二つの魔力。

何か仕掛けている可能性もある。いざという時、防御を張れるように備えよう。

私は上級のマナポーションで補給しつつ、神経を集中させた。

Sランク魔法使いはストームカッターを唱え、ベリアルを狙った。よく訓練しているようで、剣の二人と槍の男は、魔法が発動する前にベリアルからしっかりと離れている。

ベリアルは動きもせずに魔法を全て魔力で防いでいた。

真空の刃が通り過ぎると同時に、勢いよくベリアルに向かうセレスタン。さすがに行動が早い。

ついにパーヴァリが光属性のうち、神聖系の攻撃魔法を開始した。それをSランクの男性魔法使いが補助をする。

「聖なる、聖なる、聖なる御方、万軍の主よ。いと貴《たっと》きエル・シャダイ‼　歓喜のうちに汝《なんじ》の名を呼ぶ。雲の晴れ間より、差し込む光を現出したまえ。輝きを増し、鋭くさせよ。いかなる悪の存在をも許さず断罪せよ！　天より裁きの光を下したまえ！　シエル・ジャッジメント‼」

闇属性を減退させる効果も併《あわ》せ持つ、神聖系の上級攻撃魔法！　ならばこちらは、闇属性の上級、魔法無効化と闇の属性強化を持つ魔法でいくわ！

「地の底より深き下層、東の果てより遠き彼方、汝が行く末に際限はなし！　七つの門をくぐりて、全ての装飾を削ぎ落とせ！　門番よ、七つの魔力を封じよ！　地上の扉は開け放たれ、光なき死者の国への道は開かれし！　スレトゥ・エタンドル！」

「闇属性⁉　なんだ、あの魔法は！　この光属性の攻撃魔法を防げるのか……⁉」

パーヴァリが驚愕《きょうがく》している。

さすがにSランク魔法使いが補助に入っているだけあって、攻撃を防ぎ切れてはいない。とはいえ、ほぼ威力は抑えられた！　上出来だわ！

二人の魔法使いは、マナポーションで補給している。私もまた、このタイミングに飲んでおこう。

「ベリアル殿‼　罠《わな》を仕掛けているようです、お気を付けを！」

「確かにな！　我も四方に何かあると感じておる……、魔力が注がれつつあるわ！」

私が注意を促すと、戦う手を止めずにベリアルが答えた。

もしかして、見極めたくて放置しているのかも……。

「見抜かれているなんて……！」

弓を持った女性が唇を噛《か》む。この連綿と続く攻撃の間に、勘付かれているとは思わなかったんだろう。

ではこちらは闇属性で攻撃を！

「望むは有明の月、満ちては欠ける美しき神秘。星を従える麗しき佳人よ、弓箭《きゅうせん》を携《たずさ》えて獲物を狩りに参りたまえ。地を行きしものも、空を滑りしものも、逃れられぬ汝の標的なり！　弓を引いて矢を番《つが》えよ、放て！　アルク・フレッシュ・ティレ‼」

中空から闇属性の黒い矢が無数に現れて、標的に向かって一斉に飛んでいく。

しかしさすがにあちらには魔法使いが三人いるので、攻撃魔法は防がれた。

闇属性と光属性の引き合いのようになっている……。

滅多にない光景だ。私も本当は水属性と光属性が得意なんだよね。でもこれ以上神聖系に偏《かたよ》るとベリアルの力が削がれてしまうので、闇属性を使っていかねばならない。

そうしてにらみ合っていた時――

突然パアンと光が弾け、ベリアルと冒険者達を四角い空間が囲んだ。

私とBランク魔法使いの女性、そして弓を装備したもう一人の女性だけがその外にいる。

「これは……」

「完成したよ！　これは、火を打ち消す結界！！　これでもう、炎の力は使えない‼」

魔法使いの男が声高に明言する。

ベリアルの手から炎の剣が消えた。

火を編み込んだマントからも、魔力を感じられなくなる。

これは……。

何てことをするんだろう……。

炎の剣が消えた手を見て瞬《まばた》きをしたベリアルだったけれど、口元が愉悦に歪《ゆが》んでいる。

冒険者達は彼の肩が震えているのを、攻撃手段を消された怒りだと勘違いしたようだ。やった、と高揚している。

「……攻撃かと予想しておったが。やってくれたわ！　これは愉快‼　人間どもよ、褒めてやろう！　この炎の王の、火を封じるとは……！　愚かとしか言いようがないわ！！！」

空間にベリアルの嘲笑《ちょうしょう》がこだました。優位を確信していた冒険者達には、それが余裕の表れなのか、負け惜しみなのか解らず、立ち尽くして様子を探っていた。

「は……、ハッタリだろう！　チャンスだ、行くぞ！」

リーダーのセレスタンが、怯《ひる》みかけた仲間を鼓舞する。剣を持って走るが、ベリアルが宙に浮くと追うことができない。

どうやら飛行魔法が使えるのは、最初に私達を呼び止めたSランクの魔法使いだけのようだ。

もう一人のAランクの剣士が高くジャンプする跳躍の魔法で飛び上がったが、ベリアルはアッサリ躱《かわ》し、徐《おもむろ》に言葉を発する。

「日輪の馬車の車輪を外せ。星よ、瞬《また》きをやめ目を閉じよ。光の敵にして明瞭《めいりょう》なる影、我は暗黒の支配者ベリアル！　闇よ、我が軍門に下れ‼」

私も初めて目にする、ベリアルのもう一つの称号。

〝暗黒の支配者〟である姿。

〝宣言〟が終わるとともに、ベリアルから黒い霧が発生し、四角い炎無効空間に満たされていく。

これは、能力低下の効果がある闇属性の霧。

天使との戦いの切り札、〝暗黒の支配者〟としての能力だ。

冒険者達は息を呑《の》み、冷や汗を流している。彼らは自ら捕食者の網に飛び込んだのだ。

この〝暗黒の支配者〟は、ベリアルと地獄で最大勢力を誇る皇帝、サタン陛下が保持している、共通の称号。これがベリアルが重用されている理由の一つらしい。

炎を減じられ、神聖系に侵されたくびきからは完全に解き放たれている。凄《すさ》まじい魔力の波が押し寄せて、力が漲《みなぎ》っていた。炎の力は使えなくとも、既に何の支障もない。

逆に冒険者達は闇の霧の効果で、力が低減している。

……これ、冒険者達が殺されるだけでは済まないのでは⁉

騙《だま》されて危険な悪魔だと勘違いしていたんだし、私を助けようともしてくれた。見殺しにしたくないな。となると、どうするか……⁉

「ベリアル殿。私がこの結界を破るのが先か、貴方が彼らを倒すのが先か、競争しましょう」

ベリアルは炎を封じられて闇の宣言を使ったのだから、闇属性の攻撃手段を使うだろう。

その中で恐るべきものの一つが〝呪い〟。

人を殺さない契約を守りつつでも、人間には呪いによる死を簡単に与えられるし、それだけではなく、辺り一帯が呪いに汚染される可能性もある。

その状況は避けねばならない。

「そなたとの勝負であるか。それは面白い‼」

「では、契約に基《もと》づき同意致します」

相手を殺す同意をする言葉を合図に、気配が動く。

「イリヤめ、呪いは使わず契約の範囲内で収めよと注文をしてきおったわ」

ベリアルがニヤリと笑っている。私の意図は、伝わったらしい。

後は犠牲が出る前に私が結界を破れば、完璧《かんぺき》だ！


浮いていたベリアルの姿が掻《か》き消え、唐突に槍《やり》を持った男性の背後に現れた。

「う、うわああ‼　いつの間に……っ⁉」

「我の闇の空間であるに、油断し過ぎておるな！」

驚く男性に闇の魔力を喰らわせると、簡単にすっ飛んでしまう。

この、たまに使うドアを開けずに隣の部屋に入れる程度の移動方法、これも闇を使った移動。昔は悪魔なら誰でもできると思っていたけど、そうではないらしい。

今はこの霧の範囲全てにおいて瞬間移動が可能という、捉《とら》えにくい状態になっている。しかも闇属性に振り切っているので、一秒も準備の時間を要さない。

「この霧を払わねば……、もう一度神聖系の魔法で……！」

光属性が得意なパーヴァリの言葉に、Sランクの魔法使いが神妙に頷《うなず》く。そして先ほどよりも詠唱を急いで魔法が唱えられる。

「聖なる、聖なる、聖なる御方、万軍の主よ。いと貴きエル・シャダイ！　歓喜の内に汝の名を呼ぶ。雲の晴れ間より、差し込む光を現出したまえ。輝きを増し、鋭くさせよ。いかなる悪の存在をも許さず断罪せよ！　天より裁きの光を下したまえ！　シエル・ジャッジメント‼」


白い光が降り注いで爆発が起きる。しかしまるで闇に食われたように、消されてしまう。

直撃を受けたはずのベリアルは、全く意に介さないという風だ。結界にしてしまったことが裏目に出ている。闇が濃くなり、光の魔法は発動自体がかなり阻害されていた。

「この程度の魔法では、我の闇に呑まれるだけよ。限界かね？」

「う……っ」

遊び相手にもならない。そう言いたいような。これは、急がないと……。

「何で……？　どうなってるの⁉　どうなってるのよう……‼」

Bランク魔法使いの女性が、もう泣きそうだ。気持ちは解る。

他に感じていた気配、起動の魔法を唱えていた二人も、離れた木の陰から慌てて姿を現した。

殺す前に結界を破らないと！

私は四隅にある仕掛けを確認する。

「これは……アレクトリアの石。強い鳥の魔物から採取される、特別な魔核だわ。なるほど、結界にはいいわね。それと符術……これは東方の魔術……」

「一瞬で見抜いている……」

起動させた男二人が私の作業を凝視しているが、構っている場合じゃない。

「どうする、止めた方がいいのか？」

「いやしかし、このままだと中の連中は逃げられない。いっそ解除の協力をするか……!?」

「チクショウ、話が違い過ぎる。火さえ封じれば、勝機はあるんじゃなかったのかよ……！」

二人はどうすべきかの結論が出ず、身動きが取れないでいた。結界の外にいる女性二人も、同じように不安げな面持ちをしていた。

薄闇の霧の中からは、戦っている剣戟《けんげき》の音、何かの爆発音、魔法らしき轟音《ごうおん》が響いている。戦いが継続されている。時折悲鳴も聞こえはするものの、まだ誰も死んではいない。

アイテムボックスから護符を取り出すと、弓を持つ女性があっと大きな声を上げた。

「それ……もしかして!?」

「分かりますか？　惑星の護符です」

鉛で作った丸い護符。黒色で描かれた円の外周に、魔術文字で『四方の海、陸を断つ川、海より顔をもたげる大地を統《す》べる』と刻まれている。円の中には五×五のマス目に文字が一つずつ書かれていて、あたかも魔方陣のような模様になっている。

ちなみに魔方陣とは、四角いマス目の中に数字が書かれていて、どこから足しても同じ和になるという護符だ。今回の護符のように数字の代わりに文字が入っているもの、これを語方陣という。

今回使うのは惑星の護符の一つで、活動を阻止する土星の第二の護符。

これを身に着けて、特別な魔法を使う。護符ごとに効果は決まっているので、使用する時は正しい護符を選ばなければならない。

護符の序列としてはタリスマンよりも上で、万能章の下に位置する。ただし、正しく使えば個別の事案では万能章よりも力が出せるのだ。これを使えば壊せそう。

「形ある故に終焉《しゅうえん》と破壊は訪れる。最果てのマレフィックス、災いの星であり天のビナー。土星のペンタクルよ、上層の空気に包まれ我に力を貸し与えたまえ。我に仇《あだ》なす全ての活動を止めよ！」

護符が銀に輝き、魔力が増大していく。

そしてアレクトリアの石から細く煙がたなびいて、バリンと割れた。符術の札も溶けるように燃えて消える。

すぐにベリアル達を閉じ込めていた結界の四角い空間が消え去り、黒い霧が外に流れて薄くなっていった。

「……そなた、早過ぎるわ」

ベリアルは、殺すつもりはなかったようだ。ちょっと安心した。単にまだ遊び足りないのね。

反して冒険者達は皆、蹲《うずくま》ったり膝《ひざ》をついていたり、負傷して満身創痍《まんしんそうい》になっていた。しかもこの霧の影響で身動きが取りづらくなっている。結界の外にいた二人が、慌てて回復に向かった。

◆◆◆

「つまりですね、ベリアル殿は〝炎の王〟なのですが、同時に〝暗黒の支配者〟という、火よりも上の、闇の称号をお持ちなのです。それを出させるのは、もう死にたいのかなっていうお話なんですよ。なにせ天使との最終戦争用で、人間には披露するものですらないのですから。私は辺り一帯が呪いに汚染されないか、とても心配でした。闇の称号を確認することができたのは、研究者として非常に意義深いものではありましたが」

戦っていた七人と結界を仕掛けるのを手伝った二人に、私は説明をしている。全員もう戦意喪失だ。当たり前なんだけど。

地獄の王と戦おうとか、基本的に人間にはムリなんだよね……。

立っている私の前で、正座して俯《うつむ》いている。

「起動まで、様子を見て遊んでいらしたようです。ちょっと神聖系に偏っていて、戦いにくかったようではありますが。ちなみに私も光属性が得意なんで、そちら側に回りたかったです」

「……いちいち余計な本音は口にせんで宜しい」

大人しくしている九人をせっつと諭《さと》す私に、ベリアルのツッコミが入る。

彼の口数が少ない理由は、〝闇〟を使ってしまった申し開きを、皇帝サタン陛下にしなければならないからだ。陛下から使用を制限されているらしい。勝手に使うと、気付かれてしまうのね。

光属性が得意なパーヴァリは、「アレで得意は闇でなく光……？」と、小さく呟《つぶや》いていた。

「それから依頼者のマトヴェイ・アバカロフ伯爵ですが。彼がナンパを邪魔されて仕込んでいた仲間が負けた、その復讐《ふくしゅう》という程度のレベルの話ですので。命を懸けるのもバカらしいですよ。むしろ彼の余罪がわんさか出ますよ、きっと」

「まさか、嘘だ！　焼かれた村を、この目で見た……！」

太い剣を持ったSランクのリーダー、セレスタンが叫ぶ。

「……ベリアル殿に？　土台でも焼け残っていたら、それは彼の炎じゃないですよ？　村を焼いて、そんな無様な真似はしませんよ」

「……煙がくすぶって、燃えた建物の残骸《ざんがい》がいくつもあった……」

答えた槍を持った男性は非情な光景を思い出して、眉《まゆ》をひそめている。

まあ私も、ベリアルの焼き討ちに立ち会ったことはないけど。火をつけるなら徹底的にやるだろう、燃やし尽くす炎の前で高笑いする姿が容易に想像できる……。

「盗賊の焼き討ちでしょうね」

だいたい、そんなものじゃないかなあ。

「今、私の友達が報告書をまとめています。代表の方、確認にいらっしゃったらどうでしょう？」

「……報告書？」

弓を持った女性が聞き返した。

「私はアウグスト公爵の庇護《ひご》を受けております。伯爵が私に手を出そうとしたこと、そしてこれまでの悪事をまとめて、公爵閣下に進言する予定なので」

「公爵様の……庇護！？？」

Ｓランクの魔法使いの男性だ。魔法使いの方が、公爵の噂は耳にしているだろう。

色々と話をして、ようやくみんな理解してくれたようだ。

いい人達だったようで、すごく謝られた。焼かれた村を目《ま》の当たりにして、冷静ではいられなくなったようだ。炎を使う爵位ある悪魔と教えられ、かなり準備してきたらしい。確かに相手によっては倒せそうだった。

伯爵本人から依頼されたわけだし、証人として公爵閣下への説明をして欲しい。

そう伝えて、リーダーである四十歳のセレスタンと、メイスを持った魔導師パーヴァリに私達と同行してくれるよう頼んだ。パーヴァリに関しては、私が話をしたいからという事情もある。

そんなわけで王都へ行くのはいったん断念して、伯爵の捜査をしているエクヴァルも交えて、家で打ち合わせをすることにした。どうせ王都は、公爵への報告でまた訪れることになる。

他の人達は、途中のテナータイトで待っていることに。さすがにこんな大勢で突然、私の家に来られても困る。

四章　エルフの村の夜襲

塩湖に行ったはずが、なんだか大立ち回りを演じてしまったな。戦った冒険者のうちの二人と一緒に家に帰ると、エクヴァルがいて、ソファーで自分が書いた報告書を見直していた。

「……どしたの？　冒険者を雇うなら、私が行ったのに」

Sランクと Aランクの冒険者なのは、ランク章ですぐ判断できる。

私が事情を説明すると、自分も行けば面白い場面に遭遇できたのにと、残念がっていた。しかしすぐに気を取り直して、二人とあいさつを交わす。

「いやあ、さすがに伯爵が相手だから証人になってくれる人がいなくてね。一緒に行って証言してもらえれば、助かるよ！」

「もちろんだ。迷惑をかけた分、しっかり協力させてもらおう。よろしく、エクヴァル君」

「こちらこそ、ヨロシク。伯爵を洗っていたら、ちょっとキナ臭い話が出てきたんだよね。君達が依頼を受けた時のことを、詳しく聞きたい」

エクヴァルはセレスタンと握手して、続いてパーヴァリとも握手して言葉を交わしていた。それにしても、キナ臭いってなんだろう。楽しそうな表情からして、大きな問題なのでは。

皆のリーダーを務めたSランクの剣士、セレスタン・ル・ナン。貴族ではなく、豪商の息子。メイスを装備したAランクの、光属性魔法を使うパーヴァリ。四元では土属性が得意。

お互い簡単に自己紹介をした後、最初は皆で情報のすり合わせを行った。一通り終わってからセレスタンはエクヴァルと相談をしていて、私はパーヴァリとの会話を楽しんでいた。

「光属性や闇属性の攻撃や防御の魔法を使う人間は、少ないですからね。特に闇は珍しい」

嬉《うれ》しそうに喋《しゃべ》るパーヴァリ。口調は丁寧で、ちょっとお堅い印象を受ける。

ベリアルは私の横に座り、黙って紅茶を飲んでいる。

「そうなんですよね、お話しする相手がいなくて。やはり消費魔力の多さが理由でしょうか」

「それもあるでしょうが、学べる機会がないですね。光属性の中で特に神聖系は悪魔と戦う者が学びたがるが、闇を選ぶ人は少ない。今回は申し訳ないが、大変勉強になりました」

彼は神聖系を得意とする、光属性を専門に教える先生に習ったそうだ。悪魔と戦った経験もある先生は天使と契約を交わしていて、基本的には門戸《もんこ》を閉ざしているから、弟子入りするのに苦労したと教えてくれた。

「シエル・ジャッジメントは消費魔力量は多いですけど、かなり使える魔法ですよね」

「本当です！　対悪魔に欠かせない！　アレを防いだ魔法はなんですか⁉」

「スレトゥ・エタンドルですか。さすがに防ぎ切れておりませんでしたけど。あれは、死の国への七つの門をくぐり、その度に魔力を宿す装飾品を外す……という神話になぞらえた、魔力を消していく魔法なんです。本来なら完全に消えて、闇属性が場にあふれるのです」

「なるほど……。しかしこちらは、Sランクの方の力も借りていた。アレだけ削られてしまうとは、完全に私の負けです」

敗北を宣言しながらも、彼は笑っている。確かに私も、あんな魔法戦は普通できないので、とても面白かった。次は光属性を使う側に回ってみたいな。

「しかも雷撃や氷の魔法まで、本当に多才な方だ……！　あの氷の魔法もまた見事で、まさか防御を破られるとは！」

「アレはですね、真ん中の氷柱にだけ魔力を多くしておいたんです。みんな氷柱が三つあると、全て同程度の強さだと勝手に想像するので、欺《あざむ》けるんですよ。わりと使いやすい魔法なんです」

「……すっごい気になるんだけど‼　本当に何をしてきたの、君達……！」

ソファで向かい合う私達のテーブルの脇に、エクヴァルが立っていた。後ろではセレスタンが苦笑いしている。

「彼女は、SランクとAランクの魔法使いを一人で相手してた。しかも結界魔法まで簡単に破った、ものすごい知識量だ」

「イリヤ嬢……塩湖に行ったハズなのに、結果がおかしい」

セレスタンの説明に、エクヴァルはもう訳が分からないよと、ため息をつく。

「あ、そうだ。塩湖だったわ。忘れないうちに渡しておくね、お土産よ」

私はキングゥから貰《もら》った、黒い鱗《うろこ》をエクヴァルに渡した。

「ありがとう……、でも鱗かあ。使わないなあ、私……、ん？　……んん⁇」

受け取って、尋常ではないと気づいたようだ。

あえて前情報ナシで渡してみたの。ベリアルも面白がっている。

エクヴァルは鱗を両手で持って、硬さや厚みを確認したり、重さを確かめるように上下に振ってみていた。

「いや、その鱗……黒い……巨大な竜ではないか？　とんでもないモノのような……」

私の目の前に座っているパーヴァリが、鱗を凝視している。

セレスタンは脇から鱗に触れて、うーんと唸《うな》った。

「硬いな。黒い竜か。まさか、ヨルムンガンドだったりするか？」

「いや、それはこの前採取したから違うと解る。もっと……、もっと上じゃないか、コレ⁉」

その言葉を聞いたパーヴァリが、指をさして肩を震わせる。

「……海‼　海の魔力だ！　これは……ティアマトの鱗！！？」

「く……、ははは！　然《しか》り、ティアマトである‼」

本当に愉快そうに笑うベリアル。

三人とも驚いて、目を見開いている。

「え⁉　どうして塩湖でティアマトの鱗？　まさか、戦ったの君達……！？？」

「阿呆《あほう》が！　あのような災害ともいえる力の持ち主と、戦うわけがあるまい‼」

エクヴァルの反応ももっともだ。どこをどうしたらティアマトの鱗になるのか……、私にも未だに理解が追い付いていない。

「本当にティアマトなのか⁉　……ほ……欲しい……」

声を震わせるセレスタン。竜の鱗を装備に使う人なら、誰でも喉《のど》から手が出るほど欲しいだろう。

ティアマトの鱗は硬くて防御に優れているだけじゃなく、魔法に対する耐性も大きいのだ。ただちょっと重い。

「ベリアル殿がティアマト様のご子息とお友達だったみたいで、頂きました。偶然会っただけですし、一枚しかありませんよ」

「お友達……とな。どうにも微妙な表現であるな」

お気に召さなかったらしい。他に言い表しようがないんだけど。

「もしや、そのベリアル殿という悪魔は、地獄の……公爵か、王で……いらっしゃいませんか……？」

「ずいぶんと今更であるな。我は〝炎の王〟だと申したではないかね」

分かっていなかったの⁉　私も王って知ってても戦うんだ、なくした方がいいチャレンジ精神だなと思っていたわ！　質問してきたパーヴァリも、やっと呑《の》み込めたセレスタンも、戦慄《せんりつ》している。

地獄の王にとんでもないことを仕出かしてくれたからね……。

「我は地獄の皇帝サタン陛下の直臣にて、五十の軍団を束ねる王である。覚えておけ。ああ、アレの話はするでないぞ。人の身に知らせるものではない」

なんだか投げやりな名乗りだ。〝暗黒の支配者〟は、本当は見せては良くないものだったから。

「また気になる話題が……！　うわあ、本当に行けば良かった！！！」

エクヴァルはなぜか鱗を顔に当てて、数回コンコンとおでこにぶつけている。かなり硬い鱗なので、痛いんじゃないかしら。

「チェンカスラーでは公爵閣下お抱えの魔導師が侯爵クラスの悪魔と契約されていて、それが最高位と噂だったので……。まさか、それよりも上とは……」

ようやく少し落ち着いて、パーヴァリが重い口を開いた。事の重大さが、身に染み過ぎてしまったようだ。ベリアルは楽しんでいたみたいだし、問題ないんじゃないかな。

「〝炎の王〟は単なる称号で、さすがに実際の王だとまでは考えなかった」

参ったなと、セレスタンが大きな手で頭を掻《か》いた。悪魔の爵位の錯誤《さくご》は、戦う際にかなりの痛手となる。爵位が一つ違えば、実力に大きく差が出るから。

とはいえ普通、王クラスの悪魔と契約しているとは想像もしないよね……。

「仕方ないですよ！　それより、あの結界はなかなか興味深いものでした。アレクトリアの石とは、いいものを使っているなと感心致しました！」

「ウウ……改めて考えると、やってしまった感が……」

称賛したつもりだったのに、ネガティブ！

「そういえば、あの護符は何だったのだ？　チラッと目に映ったが」

セレスタンは過ぎてしまったものは仕方ない、というところかな。あの昏い霧の中から、護符が判別できていたのか。目がいいなあ。

「アレは惑星の護符です。タリスマンの上ですね」

「……イリヤ嬢、使うのはいいけど作り方は教えないでほしい。秘匿技術だからね」

「教えないわよ。説明するのがわりと面倒なんだもの、コレ」

ソファーは二人掛けが二つなので、エクヴァルは私の後ろからソファの背もたれに身を乗り出している。

私の隣では、ベリアルが涼しい顔してクッキーを口に運んでいた。

セレスタンは惑星の護符を知らないようだが、パーヴァリは目をパチクリさせて私を凝視している。気になるようなので、使った護符を取り出して披露した。

「これですけど」

「本物の……惑星の護符‼　すごい、まさか実物を拝めるとは……‼」

大げさだなあ。あんまり作る人いないのかな？　惑星の影響を考えて作製しないと効果が上がらないから、作れる時間が限られていて、作るのが面倒な護符なんだよね。

「今回みたいな時はとても役に立ちます。けど万能章を一つ作る方が、汎用性《はんようせい》があっていいですよ」

「どちらも簡単に作れませんっっ！」

「頼むから！　何でも気軽に話さないで、イリヤ嬢‼」

パーヴァリとエクヴァル、二人に叱られてしまった。ベリアルはニヤニヤしている。

そういえば私の家には、お客様用のベッドなんてなかった。

二人は宿に泊まり、明日エクヴァルと一緒に公爵邸へ伺う予定。

私達も行くつもりだったんだけど、その日の夜とある異変が起きて、そちらへ向かうことになった。ベリアルの宝石に籠《こ》められた、守りの魔力を使われたのが確認されたのだ。

エルフのユステュスに渡したブレスレットだ。

以前エルフの森へ採取に出掛けた時、迂闊《うかつ》に村の近くまで迷い込み、賊の関係者と勘違いされかけたことがある。その時に矢を射かけたお詫《わ》びにとマンドラゴラを貰い、お礼にベリアルの魔力が籠められたブレスレットを渡しておいたのだ。

魔力が使われたということは、エルフの森で不測の事態が起こったに違いない。あの時はちょっと考え足らずだったかなと反省したけど、渡しておいて良かった。

もし大したことじゃなかったら、ついでにマンドラゴラを譲ってもらえないか交渉してみよう。

ちなみにフェン公国のアルベルティナが送ってくれたガオケレナは、留守中に届いてエクヴァルが受け取ってくれていた。私が職人なので商業ギルド経由で届けられて、こんなにたくさんのガオケレナをどうしたのかと、すごく驚かれたらしい。

いたのがエクヴァルで良かった……、上手い言い訳で切り抜けてくれたことだろう。

◆◆◆

「敵襲‼　村の入り口側と、後ろからも来ている！　武器を取れ！！！」

夜中に怒号が響き渡り、火矢が射ち込まれる。最近は大人しくなったと思っていた、人間どもだ。

人間どもがエルフの村を襲うことはたまにあるが、今回は野盗が今まで以上の群れになり、徒党を組んでの襲撃か。

「ユステュス！」

木の上で矢を番《つが》える私に、女性の声が響く。

私はちょうど、村の裏側で警戒に当たっていた。視認しただけでも武装した男達が十人は現れたので、牽制《けんせい》に矢を射かけたところだった。

私に向けて魔法が放たれていたのか。声を掛けて知らせてくれたんだな。すぐさま別の木に飛び移って、事なきを得た。

「助かった、反応が遅れたら危なかった。魔法使いまでいるのか……」

「表側も敵が多くて苦戦してるのよ！　こっちはさっさと片付けて、応援に行かないと……！」

さすがにこちらに人数を割けない。

ほんの三人ばかりの剣士が向かい、私は再び矢で援護をした。できれば魔法使いを討ち取りたいが、木の陰に隠れてしまっている。これ以上は近づけない。

私にできるのは、弓と回復くらいだ。攻撃魔法が上手く使えない……、悔しいことこの上ない。だがその分、弓の腕は誰よりも磨いてきたと自負できる。仲間に当たらないよう注意しつつ、敵に向かって矢を放つ。

夜ではあったが、皮肉にも建物の燃える火に敵の姿が照らし出されていた。

村が燃えてしまう、早く消火活動もしたい……っ！

そんな時だった。禍々しい魔力を感じ、魔法使いの男の叫びが耳に届く。

「やった、悪魔だ……！　さあ、エルフどもを殺せ！　それを生贄《いけにえ》とするのだ‼」

なんだって……、悪魔⁉

青黒い肩程までの髪に、ラピスラズリのような青い瞳をした悪魔。紺色のコートを着て白いズボンを穿《は》いている。スラッとした男性だ。

「……何故、私を喚び出した」

悪魔の方は機嫌が悪そうだ。私は固唾《かたず》を呑んで見守った。その間にも、仲間達は盗賊と戦っているとはいえ、悪魔の動向からも目が離せない。このような脅威に対抗できる者などいない。

我が里の行く末を左右する、重大な問題になる。

「ええい、だからこのエルフどもを殺し、女子供だけ残すのだ。気に入った者は好きにしていい、それで生贄……」

「そのように貴様だけに都合の良い契約などあるかっっ！！　私を愚弄《ぐろう》しているのか⁉」

次の瞬間、召喚術を行使した術者の首が飛んだ。

男は魔法円《マジックサークル》に入ってはいたものの、効果などなかったようだ。その程度の腕で悪魔を召喚するなど……、しかもこれは爵位を持った存在だろうに……。

残された悪魔は剣呑《けんのん》な眼差しをして、木々の間の暗闇から火に照らされる村へと歩みを進めた。

なんてことだ……。制御不能な悪魔が世に放たれてしまった。人間とは、かくも愚かなものか‼

悪魔はゆっくりと歩きながら、盗賊もエルフも関係なく攻撃を加える。そして先ほど私を呼んだ女性の前に迫っていた。私は飛び降りて、庇《かば》うように手を広げた。

「逃げるしかない……この男は悪魔だ、召喚師は殺された‼」

「悪魔ですって⁉」

不穏な光を放つ青い瞳が私達を捉《とら》え、薄笑いを浮かべる。逃げ切れるのか、とあざ笑うような。

「君は早く行け、皆に伝えるんだ！」

「……っ、解った……！」

彼女は私の言葉を聞き、二、三歩後ずさりして、慌てて走り去った。悪魔は彼女を追いはせず、つまらなそうにこちらに顔を向けている。

「私は別にエルフに興味があるわけではない。供物が欲しいわけでもない。だが……」

言葉が途切れるとともに走り出した悪魔が避ける間もなく目前まで迫っていて、開かれた眼からほとばしる殺意を感じた。

「この鬱憤《うっぷん》は晴らさせてもらおうか！　貴様らの命を以《もっ》て！！！」

終わった……！

悪魔の手が伸び、高められた魔力ごと掌底が私の腹に打ち込まれる。せいぜい、少し身を引くくらいの抵抗しかできなかった。だが。

バチンと大きな音がして、悪魔の魔力が分散する。そして手が腹に当たり、すっ飛ばされて地面に打ち付けられた。だが魔力による攻撃が防がれたので、腹の痛みと背を打った衝撃に咽《むせ》ただけで、命は助かっていた。

「なに……、なんだこれは！　どうなっているのだ！？？　護符に守られていたか？　しかしそんな強いものが……いや、アレは」

自らの魔力が簡単に散らされ、狼狽《ろうばい》して独り言を続けた後、悪魔は私に向かって大股《おおまた》で近づく。とどめを刺すつもりかと身震いがしたが、腕を引っ張ってチラチラ揺れるブレスレットに視線を合わせた。

「……おい、貴様！　これをどうした⁉」

「……これは……、ぐ、イリヤという女性と……ベリアルと、いう悪魔が……」

「べ……ベリアル様……！！！」

打たれた腹と地面に激突した背の痛みに耐えながら答えると、悪魔は目を大きく見開いた。

そしてブレスレットの赤い石を凝視してから私の手を放し、しばらく動かなかった。他の仲間もただ黙って呆然《ぼうぜん》としている。

「……私は知らん‼　お前がベリアル様に関係ある者だと、全く知らんぞ……！　なんということをさせるのだ、あの召喚師めが……！　殺しただけでは飽き足りん‼」

『悪魔と何かあった時には、ベリアル殿の名を』そう告げた彼女の言葉が頭をよぎる。

どんな高位の悪魔と契約していたんだ……！　ほんの冗談や軽い社交辞令じゃなかったのか。このブレスレットと名前に、そんな大きな意味があったなんて！

守りの力も凄《すご》いものだ、魔力を完全に消し止めた。

仲間達もどういうことだと問い掛けてくるが、私にもまだ理解が追い付かない。

「このままではいかんぞ！　おい、ベリアル様はどちらにいらっしゃる⁉」

私は彼女との会話の内容を、必死で思い返した。

「確か、チェンカスラー王国のレナントという町で……、ここから川を渡ってもっと向こうだ」

私が指で示す先へと、悪魔が顔を向ける。ちょうど暴虐の限りを尽くす盗賊と交戦するエルフの同胞、黒い煙を上げて燃えている村が映る。


「……これは、うーむ……」

悪魔は悩んでいるようだ。

仲間であるエルフの剣士の一人が、こそこそと私の横に来て肩を掴《つか》む。彼も悪魔に一度攻撃され、腕を痛めたようだ。

「どういうことだ、ユステュス？　お前は召喚などできないんじゃ？」

「……つまり、ええと……人間の女性と、その女性が契約している悪魔に会ったんだ。どうやら、その悪魔の関係者らしい。私にも何が何だかサッパリだ。その悪魔についてはベリアル、という名しか知らない……」

大した関係者ではないと露見したら、また攻撃される恐れもあるので、剣士に小声で説明した。

「なんと……、不思議な縁だ……」

縁、か。そういうものかな。今日助かるために、あの時会ったのだろうか……。

「……やはりそうだな、それが正解に違いない」

突然悪魔が一人で頷《うなず》いた。何の答えを出したのだ？

「良いか、そこの金の髪のエルフ。私は騙《だま》されてお前に攻撃してしまっただけだ。お前は全くの無傷、痛みなど微塵《みじん》もない。そうだな？」

「は、はあ……？？？」

唐突にどういうつもりだ。痛いんだが……。

「そして、お前の敵を共に倒す。つまり、欠片《かけら》たりとも敵対などしていない。それでいいな？」

「もしや……盗賊を退ける手伝いをしてくれるのか……⁉」

攻撃を止めてくれるだけでも助かるのに、これならば被害が最小限になる！

「私が駆逐してくれよう！」

言うが早いか、悪魔は鋭く輝く金色の剣を抜き、手に持って走った。

エルフの女性を捕まえようとしていた盗賊の前に風のような速さで辿《たど》り着《つ》いて、あっさりと斬り捨てる。すぐにスッと飛んで子供を連れ去ろうとしている男の前に立ちはだかり、掌底に魔力を籠めて打ち込んだ。一撃で大柄な男が絶命している。

圧倒的な強さだ。

悪魔の魔力が高まり、土が尖《とが》った状態で盛り上がって盗賊を襲い、逃げ出す間もなく突き刺す。

次に足元から地面に亀裂が入り、集団でいた盗賊達のもとまで届いた。土煙や石が飛び散って視界を塞《ふさ》いで、混乱する間に悪魔の剣が一人、また一人と討ち取っていく。悲鳴を上げる間もないような早業《はやわざ》だ。

突然の強力な乱入者に、盗賊達は焼き討ちの手を止め、ついには遁走《とんそう》する者までいた。我々エルフもこの機に乗じて反撃する。我が物顔で襲っていた盗賊を討ち、連れ去られそうだった仲間を取り戻すのだ。

戦えない者は、怪我をした仲間の治療や、水の魔法を使って消火活動を開始。

勝利は近い！　今回ばかりは壊滅も頭をよぎっていた。奇跡としか言いようがない！

「何故そなたがここにおる。ボーティス」

突然頭上から声が響いた。間違いない、赤い髪の悪魔ベリアルと、契約者であるイリヤだ。彼女達こそ、どうしてここに？

「ベリアル様‼　いえ、召喚をされまして……！」

ボーティスと呼ばれたラピスラズリの瞳をした悪魔が、私に説明しろと視線を送ってくる。

なるほど、言い訳を考えていたのか。このベリアルという悪魔は、かなり高位の貴族なんだろう。

「賊どもは敗走していますね。まずは鎮火させねばなりません」

イリヤが私の隣に降り立った。私を覚えてくれていたようだ。

「それは今、魔法も用いて仲間達がやっています」

「お久しぶりにございます、ユステュス様」

相変わらずの丁寧さだ。お辞儀した彼女の頬を、放火による炎が赤く照らしている。

「久しぶりです、イリヤ、さん……」

様、と付けるべきだっただろうか。もしかして人間の貴族の魔導師だったりするのだろうか？

彼女は不快な表情などせず、むしろ優しい笑みを浮かべた。そして盗賊の放った火で燃え、暴れて壊された建物などに一通り目を配る。

「火が回っておりますね。現在の消火速度では間に合わないことでしょう」

「それは、確かに……」

木の建物ばかりで、予想以上に火の手が早いのは確かだ。火矢に加えて魔法による放火まで、賊どもは遊びのように火を点《つ》けまわってくれた。

「雲よ、綿々と広がり覆い尽くすまでになり、蒼天《そうてん》を閉じよ。天霧《あまぎ》る霞《かすみ》の内に、天の窓よ開け。一億の雨粒を我に注げ。砂漠をも潤す、尽きない白雨《はくう》を降らせたまえ。サン・ミリオン・レイン」

彼女が詠唱すると雲がわき出て、ぽつぽつと雨が降り始めた。だんだんと雨脚が強くなり、天を目指していた黒い煙の塔が勢いをなくしていく。火が、消えていくではないか！

すっかりくすぶるだけになった頃、雨もちょうどやんで空はスッキリと晴れ渡る。星々がチカチカと身を焦がして、再び存在を主張していた。

「魔法の力で雨が降るとは！　ありがとうございます！」

戦闘に使うだけじゃない、こんな魔法もあったのか！　私が興奮気味にお礼を述べると、イリヤさんは照れくさそうに笑う。

「さて、そなたの申し開きの番であるな。ボーティス？」

あんなに堂々としていた悪魔ボーティスが、ベリアルに呼ばれて肩をビクッとさせている。

私は、この悪魔が盗賊どもの魔法使いに召喚されたが、こちらを手伝ってくれたと証言した。

イリヤさんとベリアルは、守りの魔法が発動されたことを感知し、夜中にもかかわらず駆け付けてくれたらしい。ついでにマンドラゴラを買い取りたいという。

「マンドラゴラですね。畑が無事だといいんですが……」

私と、先ほど私が逃げろと告げた女性もやって来て、二人で案内する。畑は大部分がダメになっていた。踏み荒らされ、そして悪魔の土魔法による被害で……。

「……ボーティス。そなた、なんということをしてくれたのだ。我が契約者は、マンドラゴラを望んでおるというに！　わざわざ来たかいがないわ！」

「そのような事情とはつゆ知らず、申し訳ありません……！」

せっかく助けてくれた悪魔ボーティスが、怒られている！　そんなにマンドラゴラが欲しかったのか⁉　え、我々の命より大事なのか？

「ベリアル殿！　皆が無事ならいいではありませんか。どうせまだ、シーブ・イッサヒル・アメルも手に入らないのですし……」

「それなら、倉庫に少しあると思います。燃えていなければ、ですけど……」

一緒に来た女性が慌てて倉庫へ走った。

この薬草は村の近くにある透明な美しい泉に自生しているが、絶やさないように少しずつ採取しているために、あまり量を確保できない。

私はその間に、無事なマンドラゴラをいくつか引き抜き、彼女に手渡した。野生じゃないマンドラゴラは、そんなに大きな声で叫ばない。彼女は被害があったのに貰《もら》っていいのかと恐縮していたが、彼女達のおかげで助かったようなものなので、受け取ってもらった。

シーブ・イッサヒル・アメルも渡すことができた。少量しか用意できず大恩に報いるといえる程でもないのに、とても嬉《うれ》しそうにしている。


「あ！　この前のお姉ちゃん‼」

村の子供が気づいて、彼女に手を振る。

先日、盗賊に誘拐されて行方知れずになっていた三人が、冒険者達に助けられたと無事に戻った。

勇敢な冒険者にも感謝している。だが実際に救出するのに多大な貢献をしてくれたのは、彼女達だったのだ。しかし村がこんな状態では、お礼もてなしも、満足にできない……。

彼女は薬草を用意した女性とともに、再会を喜ぶ子供に連れられて離れてしまい、ここには悪魔二人と私だけになってしまった。逃げそこなったぞ。

「これは復興までに時間が掛かりそうであるな。ボーティス、そなたも手伝ってやれ」

「……は？」

突然の提案に、ボーティスは間の抜けた声を出した。ベリアルはお構いなしに続ける。

「そなたのせいでマンドラゴラを失ったのだ。再び栽培し、我らに届けよ」

「あの、そのようなことまでして頂かなくとも、マンドラゴラならお届けしますが……」

むしろ助けてもらったのだ、そこまで手伝ってもらうのも悪い。

「……ならば、どう償う？」

「いえっ！　やはり乗り掛かった舟というヤツでしょう、復興まで手伝うのが筋！　さすがベリアル様、素晴らしい裁定です！」

不穏な声色になったベリアルに、ボーティスが首を竦《すく》め、あわてて彼を賛美する。よほど恐ろしいらしい。

しかし償う必要がどこにあるんだ？　そもそもこの畑は、我らエルフ族の畑なのだが。

悪魔とはやはり思考が違うようだ。

ボーティスは結局、この村の復興を手助けしてくれることになった。契約をしないと悪魔は本来の力が発揮できないので、私と契約をした。

『一年間復興を手伝い、マンドラゴラとシーブ・イッサヒル・アメルを受け取る』という内容の、ボーティスには全く旨みもない契約を……。しかもベリアルが監督しているので、誤魔化しようも改定しようもない。

二人は翌日の昼頃にここを去り、エルフの村には一年限定ではあるが、悪魔が一人住み着いた。ボーティスは戦闘よりも知識を得ることを好む悪魔で、マンドラゴラの栽培はわりと興味深そうに協力してくれている。そして意外と紳士的だったので、エルフの村にはすぐに馴染《なじ》んだ。

彼が伯爵クラスの悪魔であることは後で教えられて、とても驚いたものだ。

では、あのベリアルは一体……!? とんでもない恐ろしい悪魔と契約している人間だな。

あの時、すぐに謝罪して良かった……。

◆◆◆

エルフの村で夜通し手伝いをしたり、お礼を言われて雑談したりして過ごし、朝になってしまった。さすがに休憩させてもらい、後はボーティスに託して王都のアウグスト公爵のお宅へ向かう。

エクヴァルや冒険者達は公爵のお屋敷に着いているかな。あちらで合流する予定なのだ。

ベランダから中に入ると、ちょうど皆が応接間に集まって話をしている。

アウグスト公爵と、横には最初にお会いした執事の方、それから家令のピシッとした男性、公爵お抱えの魔導師ハンネス、契約している侯爵級悪魔キメジェス。

そしてエクヴァルとSランクの剣士セレスタン・ル・ナン、Aランクでメイスを装備し、光属性魔法を使うパーヴァリというメンバーだ。


公爵は王都で私にマトヴェイ・アバカロフ伯爵が絡んだ挙句、冒険者をけしかけた事態を重く見ているようだ。さらにエクヴァルが、声に上がらない被害も調べてくれた。

おおむね女性問題と、平民に対する粗暴な振る舞い。他には自分の領地に展開する商会などへの不当な圧力など。

「しかしあの伯爵が、これだけの腕利きの冒険者を集められるかな……？」

公爵がセレスタンとパーヴァリを怪訝《けげん》な目で見つめた。

「冒険者ギルドで指名依頼として受けました。依頼内容も、不審な点はありません」

最高ランクのセレスタンは指名されることも多く、それ自体は不思議ではないらしい。

答えを受けて、エクヴァルが口を開く。

「……協力者、というよりは裏で手を貸した者がいるようです。伯爵が最近、不審な人物とコンタクトを取っているとの情報もありまして。そちらからの入れ知恵でしょう」

「それは確認したのかね、それとも証言だけなのかね」

「屋敷の使用人からの証言です。彼、人望ないですね～！」

ちょっとお金を渡すと、簡単にペラペラ喋《しゃべ》ってくれる人が多かったと苦笑い。ただ、それだけだと信用に足りないので、王都で彼を止めようとしていた従僕からも上手く話を引き出していた。セレスタン達への依頼内容も確認させてもらった。経験豊富な冒険者を騙《だま》すだけあって、ずいぶん理路整然としている。やだなあ、本当にベリアルが酷い悪魔みたいね。信じそうになるわ。この女性がどうこうっていうのは、伯爵本人の悪行をなすり付けているだけでは。

「……アバカロフ伯爵の動向を探るように」

公爵が護衛の一人に命令をすると、返事をしてすぐに退室した。

「これは私の推察なのですが、伯爵はともかく、入れ知恵した者は公爵の力を削ぐために、伯爵を利用してイリヤ嬢達を襲わせたのではないでしょうか。悪魔が関わっていると承知の上で、計画していますからね。冒険者が負けて、伯爵が口を割れば自分の身も危うくなるのに。マトモな思考をしていれば、バカバカしい復讐《ふくしゅう》などという茶番に、命懸けで加担したりせんでしょう」

エクヴァルの意見に、皆が頷《うなず》く。なるほど。伯爵に力を貸したのは、間接的に公爵にダメージを与えるのが目的、ってことかな。

しんとする室内。

「不審な人物といえば……」

沈黙を破ったのは、公爵だ。全員の視線が集まる。

「ガーデンパーティーに魔物が入り込んだ件だが。女性は確かに私が招待した本人だった。食人種《カンニバル》だった連れの男は、馴染みの店の人間からの紹介だそうだ。一人で参加は寂しいと装飾品を選びながらボヤいたら、ならば常連の異国の貴族を紹介すると提案されて、当日引き合わされたのだという」

まさか招待客に食人種を引き合わせたとは。食人種の中には、人に擬態して誘い込むようなのもいる。後から知った当人は、かなり怖かっただろう。

一呼吸置いて、公爵が続けた。

「しかし確認したところ、その商人は女性の家を訪問する約束の日、馬車が壊れて行けなくなったとか。訪問した店員も、いつもの者ではなかったそうだ」

なんだか一気に怪しくなってきたわ。家令の男性が、背筋を伸ばして報告書をめくる。

「ノルサーヌス帝国でも、パーティーなどに魔物が紛れ込むという似たような事例が報告されています。他にも不品行な貴族に怪しげな人物が近づいたり、馬車が暴走する事故が起きたりなど、調査の結果、フェン公国の友好国にて確認されています」

「……トランチネルが絡んでいる可能性も捨て切れませんね」

魔導師ハンネスの言葉に、皆が神妙に頷いた。

「伯爵の問題は早めにケリを付ける。とはいえ、イリヤさんも気を付けるように。護衛が必要だったら、私兵を派遣しよう」

「ありがとうございます」

始末は任せるようにとアウグスト公爵が明言してくれたので、この問題に関してはもう心配ないだろう。

さて、私達が来たのには別の目的がある。

「実はお願いがございまして。公爵家の魔法実験施設を、お貸し頂きたいのです。こちらのパーヴァリ様は光属性の魔法の使い手でして、その話で意気投合しまして……」

「光属性‼　それは是非、ご披露頂きたい！　宜しいですよね、公爵閣下」

魔導師ハンネスが、かなり乗り気。悪魔二人はちょっと微妙な表情をしていた。

それまで頭の痛い問題に渋い顔をしていた公爵がパアッと笑顔になって、すぐに快諾してくれた。

「これは私も見学が楽しみだ！　早速行こう！」

公爵は本当に魔法がお好きなようだ。皆で実験施設へ移動する。


「聖なる、聖なる、聖なる御方、万軍の主よ。いと貴きエル・シャダイ！　歓喜の内に汝《なんじ》の名を呼ぶ。雲の晴れ間より、差し込む光を現出したまえ。輝きを増し、鋭くさせよ。いかなる悪の存在をも許さず断罪せよ！　天より裁きの光を下したまえ！　シエル・ジャッジメント！」


パーヴァリが魔法を唱えると、天から眩《まぶ》しい白い光が注ぎ、床で爆発を起こす。私がほとんど止めちゃったから前回は確認できなかったけど、かなりの威力だわ。

ハンネスも公爵も、感心して眺めている。光属性のうち、神聖なる神の名を唱える神聖系と呼ばれる魔法。場が神聖化されて悪魔が有する闇の力が弱まるから、悪魔達には不評なんだよね。

「では私の番ですね。神聖系でない、光属性の魔法を唱えます」

楽しそうに頷く公爵。私の魔法もお気に召してもらえるといいな。

「太陽の道筋を示せ。冥界《めいかい》まで照らす光明、地上の全てに浸透し諸々《もろもろ》を崩せ。裁きの主よ来たりて、銀の矛の一閃《いっせん》を輝かせよ」

「……そなたら、協力して防御魔法を張れ」

「は？　はい」

ベリアルが二人に告げると、パーヴァリとハンネスは戸惑って顔を見合わせた。

「私の知識にない魔法ですが、光属性なんですよね。では私が同じ光属性の防御魔法を唱えるので、ご協力を願います」

パーヴァリの提案にハンネスが頷いて、あちらも詠唱を開始する。

「神聖なる名を持つお方！　いと高きアグラ、天より全てを見下ろす方よ、権威を示されよ。見えざる脅威より、我らを守護したるオーロラを与えまえ！　マジー・デファンス！」

防御の光が結界の内側に展開された。頑強な結界がさらに強化され、あたかも魔法の要塞《ようさい》のようになる。

これなら思い切り唱えても良さそう。私は魔力をさらに高めて、詠唱を続けた。

「金烏《きんう》よ舞い降りたまえ、翼を広げ烈火の如き紅焔《こうえん》を拡散させよ。惨憺《さんたん》たる鉄槌《てっつい》を下せ！　ユステイティア・ソル！」

白い糸のような、細い輝きがツッと実験場の中央に走る。周りで小さな点滅がチカチカと戯《たわむ》れ、ゆっくりと降りていく。

「ふうむ……意外と地味な」

公爵がそう、言い掛けた時だった。

糸のようなものの先が床に触れて、そこから鮮やかな銀色が広がっていき、直後に凄《すさ》まじい耳をつんざく音とともに大爆発を起こした。銀と赤の光が入り乱れて室内を覆う。

実験施設にはズドンと大きな揺れが走り、二人の防御魔法は最初の爆発で脆《もろ》くも割れて消えた。

実験場内ではボコボコとマグマが沸くように、熱による小さな爆発も続いている。床がえぐれて、結界も全て崩れただろうか。

いつの間にか、キメジェスが結界の向こう側に防御を張っている。そこまで届いたようだ。予想以上の威力だ。

場内は爆発に伴う灼熱《しやくねつ》の蜃気楼《しんきろう》で、景色が歪《ゆが》んでいた。

「あ、これしばらく熱いんで入らないよう願います。比喩《ひゆ》じゃなく死ぬほど熱いと思うので」

……あれ？　誰も返事がないよ？　エクヴァルすら半笑いのままだよ？

「ずいぶんと嫌な魔法を覚えたものよ……。そなた、あのまま唱えればここら一帯は無事では済まされんぞ」

「防御魔法を張ってもらえるだろうし、立派な魔導師が二人、悪魔も二人いらっしゃるので、問題ないかなと考えました」

「いやあの！　どういう魔法⁉　イリヤ嬢、何なのコレ！　とんでもないんだけど！　聞いたこともないよ！！！」

エクヴァルが珍しくかなり動揺している。この魔法は、属性問わず最高クラスの攻撃力がありそう。範囲も広い。施設内に収めたから、余計に効果が強く表れたね。

「何なのと言われても、初めて使ったのよ。外で試すのはムリな感じなんだもの。光属性の最強クラスの攻撃魔法でね、広範囲にわたって肌を焦がして命を落とすほど、熱くなるの」

パーヴァリとハンネスは昂《たかぶ》る気持ちを抑えるように、ゆっくりと喋り出した。

「……シエル・ジャッジメント以上の魔法もあると、耳にしたことがあります。この恐ろしい魔法が、それなんでしょうか……」

「光属性は効果が強いと言われていますが、これはもう、そういう問題でもないですな……⁉」

「まあ、シエル・ジャッジメントに熱を加えただけみたいなものです」

「その程度の違いじゃないでしょ‼」

エクヴァルのツッコミが入る。

公爵は黙ったまま、呆然《ぼうぜん》としていた。マズかったかな……？

「ベリアル様……何故このような魔法を……」

「我が教えるわけがなかろう。勝手に学んできおった……。まさか使えるとは……」

ため息をつくベリアル。でもこれは神聖系ではないから、場の神聖化はしない。

「あ！！　も、もしかして禁書庫から探してない、コレ……？」

「そうよ。詠唱を分割してあったり、暗号が入ってたり……、再現するのに苦労したの」

「……ひどい……。恐ろしい娘だよ、君は……。それを唱えちゃダメでしょ……!!」

言われてみれば、そうだったかも。エクヴァルが手で顔を覆っている。

「威力を確かめたくて、つい。次から気を付けるね……」

「もう、ホントやめて！　君に付いてる、私の責任問題になるから！　皆さんも、他言無用でお願いします。これはエグドアルムで継承すらためらわれた、使用禁止魔法です……」

継承すらためらわれた魔法？　しかも使用禁止だったの!?

全然思い至らなかった。そういえば長い注意書きがあった気がするけど、解読するのが楽しくて興奮してしまって、あまり覚えていないわ。

「……了解した。確かに人に話せる魔法ではないですね。使用禁止魔法……よく使ったものだ」

パーヴァリが真面目に頷いて、チラリと私に視線を送る。

「使用禁止とは知らなくて……」

「禁書庫にあれば解ると思うんですが……、私も誰にも漏らさないと誓います」

確かにハンネスの言う通りだ。いやでもせっかく復元した魔法、試したくなるじゃない!?

とはいえ、うっかり壊しすぎてしまった。

「公爵様……、もしかして、弁償せねばならないでしょうか……？」

「……は⁉　いや、いや！　その必要はないぞ！　いやいや、いや、気にされぬよう！！！」

なぜか、「いや」ばかり口にしている。やっぱりちょっと怒っているのかな、思い切り首と右手を左右に振って、挙動不審だわ。

そして何かに思い至り、あっと一言呟《つぶや》く。

「チェンカスラーには結界魔法を使える者が少ないから、紹介してもらえれば助かるんだが……」

「結界の修復なら、専門家に伝手《つて》がある。まあ、君達に仕掛けたアイツらなんだがな」

剣士セレスタンだ。彼が雇った人達だったのか。炎を完全に消す、見事な結界だった。

「ならば腕は確かですね。アレクトリアの石を使えば、強固な結界ができます」

「君には簡単に崩されたけどね……」

「私は結界の作り方はあまり学ばなかったんですが、壊すのは得意なんですよ。結界の耐久テストで呼ばれた時、あまりにもすぐに壊せるので、テストにならないから次からは来ないでくれと断られました……」

エグドアルムの実験施設での切ない思い出。私はけっこう楽しかったんだけど、壊された術者は確かにかなりガッカリしていたわ。

「そ、そう……」

セレスタンも苦笑を通り越して、乾いた笑いが出ている。

「それほど理解してるならば、張ることもできるだろう……」

「キメジェス。彼女は魔法に関して完璧《かんぺき》主義なようだから、使える程度では、できるに入らないんじゃないかな……」

呟いた悪魔キメジェスに、契約している魔導師ハンネスが答える。確かに一応、張り方の知識くらいはあるよ。

「薄い結界なんて、ないのと一緒じゃないですか？」

ちなみに結界魔法は通常の魔法とは違い、強い魔物から採れる魔核や、強い魔力を帯びた特殊な鉱石である魔石という石などを使い、主に防御の魔法を張り巡らせておくもの。

魔法だと魔力を送り続けなければならないが、結界は魔力の供給を切っても続くので、こういう施設の防衛に向いている。

前回の炎を封じる結界はそういう意味ではイレギュラーな、変則的な使用法といえる。

結界の根幹となる魔石もしくは魔核に魔法を仕込んでおいて、全ての角に置いて囲み、発動させる呪文を唱える。そういう手順だ。今のところまっすぐな線状でしか効果範囲の決定ができないため、丸い結界は作られていない。四角形や六角形が人気。

「セレスタン様達は、この後どうなさるんですか？」

実験施設を出て、公爵邸に戻りながら尋ねた。

「ああ、冒険者ギルドに寄ったら、師匠が呼んでいると伝えられてな。いったんワステント共和国へ帰るんだ」

「私も一緒に行ってみるつもりです。彼の師匠は、とても有名な将軍なんですよ！　引退されてしまっていますが、是非お会いしたい」

パーヴァリとセレスタンは今回の依頼が初顔合わせで、馬が合って仲良くなった。セレスタンに付いて行くと、意気込んでいる。

「俺は今まで基本的に一人で動いていたんだ。チームを組むのはその時次第で、仲間とはいえ縛られるのは面倒だからな。しかしこいつは話していて楽しいし、何より博識で勉強になる。今回のこともある、しっかり学ばせてもらいたい」

お互い尊敬できて、補い合える良い関係みたい。途中で他の仲間達が待つ町に寄り、今回の報告をしてから結界の術者をこちらに寄越してくれる。


彼らはすぐに出立したけど、私達は公爵邸に泊まることになった。まだエクヴァルが、公爵に相談があるようだ。冒険者の二人がいない方が、しやすい話なのかな。

そういえば、バタバタしちゃってアムリタ作製の進捗《しんちょく》状況を報告し忘れたわ。

素材が揃《そろ》ってもう作るだけだし、いいか。

◆◆◆

「ベリアル殿、宜しいでしょうか」

「……待っておったわ、エクヴァル」

やっぱり、どうも読まれているんだよな……。気を取り直して、扉を開く。イリヤ嬢には内密の話というか、作戦に協力して欲しい。

ベリアル殿は窓辺の椅子に足を組んで座っていた。テーブルには赤ワインの瓶が置かれ、手にしたグラスの底にルビー色がほんのりと残っている。

「公爵閣下のパーティーに食人種《カンニバル》を放った犯人と、復讐《ふくしゅう》のために冒険者を雇うよう伯爵を唆《そそのか》した人物が、同じ可能性があります。食人種を召喚して、上手く招待客に引き合わせる。そしてそれが失敗して悔しんでいたところに、伯爵が乱暴する場面を偶然見掛けた。しかも相手はガーデンパーティーで邪魔をした魔導師だと、気付いたんでしょうな」

人払いをしてから公爵と談論した結果を伝える。やはり同一犯、もしくは同じ組織だという見解だった。

「……ほう」

「チェンカスラー王国でこのアウグスト公爵が魔法使いなどを庇護《ひご》しているのは、周知の事実のようですな。魔法で痛い目を見たものが、一番に狙うのは当然の帰結」

もの、というか国という推測だね。

時期からしても、トランチネルによる次の軍事行動の下準備ではないか。ならば、工作員がまだ王都で見張っているに違いない。それが私と公爵の結論だ。

危険な魔法使いを潰《つぶ》したり、取り込んだりすることを考えても不思議ではない。

「それで、どのようにするつもりだね？」

これきっと、分かっていて質問しているよね。性格悪いなあ。人のことは言えないけど。

「明日、私はイリヤ嬢と王都を散策しようと思います。警戒されぬよう、ベリアル殿は離れて見守って頂きたい」

「……我は王である。契約者にかすり傷でも負わせれば、ただでは済まさぬ」

「必ずやお守りいたします」

かすり傷でも。かなり大切にしているな。本人にはあまり伝わっていないのが不思議だ。


話がまとまったので、次の日の朝食時に予定通りイリヤ嬢を誘ってみる。

「せっかくだから、王都を歩かない？　公爵閣下に、美味しいスイーツのお店をご紹介頂いたんだ」

「行きたい、王都観光！　どんなスイーツかしら」

彼女は無邪気に喜んでいる。素直さって眩《まぶ》しいな。私が悪い人みたいだ……。

「立派な街並みであるからな、良い宝石を売る店がありそうだ。我も興味があるわ」

「じゃあ別行動ですね」

うん、全く疑いがない。ベリアル殿も自然だしね。

我々の姿は、前回確認されているだろう。私が伯爵の仕掛けたならず者を倒した時に。

ただしその後送り込まれた高ランク冒険者は、ベリアル殿が一人で退けている。最も警戒されているベリアル殿がいなければ、敵がチャンスだと思い、仕掛けてくる可能性が高くなる。

その敵がトランチネルならば、周辺各国がフェン公国への支援体制を整えるまでがタイムリミットになる。失敗続きで焦って、こんな単純な罠《わな》にも喰《く》いついてくるはず。

王都にいるうちならば、それこそ広域攻撃魔法のような物騒な手は使わないだろう。

「ではイリヤさん、楽しんで。ハンネス、門の外まで送って差し上げてくれ」

「はい、お任せください」

笑顔で頼む公爵閣下に、ハンネス殿はいささか緊張気味に返事をした。彼らにも作戦を伝えて、協力を頼んである。

「お世話になりました」

「またいつでも訪ねて来てくれ」

公爵に挨拶《あいさつ》をし、ハンネス殿達とは門の外で別れた。早速、繁華街へ足を向ける。ベリアル殿は先に出掛けているので、姿はない。

まずは……イリヤ嬢は女性だし、やっぱり洋服を買いたいかな？　それとも雑貨？

「いやあ、さすがにオシャレなお店がたくさんあるね！」

気を抜けないとはいえ、テンションが上がる。帽子専門店。こういうのもいいね。

「あ、ここがいいわ」

……お香屋さん。そ、そう。うん、いいんじゃないかな。

それから素材屋を二軒覗《のぞ》いて、魔法用の杖《つえ》を売っている店を眺めた。おかしいな、デート気分だったのは私だけか……。女の子とのお出掛けって、こういうのだったかな……？

「そろそろスイーツを食べないかな？」

「公爵様が紹介してくださったお店よね。楽しみだわ」

教えられた喫茶店は、広い通りに面していた。近くにも別のケーキ屋や喫茶店がある、飲食店の激戦区だ。クリーム色のオシャレな壁で、テラス席に白い椅子が置かれている。

テラス席に案内してもらい、料理と飲み物を選んだ。

「オシャレね、テラス席なんて」

「そうだね」

工作員がいるなら、ここを見張っているだろう。私も周囲に気を配る。我々より少し後に近くの店に入ったり、周囲に潜んでいるような人物はいないか。

道よりも少し高くなっていて、見通しがいい。確かに、とてもいい店だ。

「ホットケーキにクリームとフルーツがたくさん。しかもシロップが三種類、かけ放題だわ！」

イリヤ嬢は喜んでベリーのシロップをかけている。私はホットサンドを頼んだ。

ベリアル殿もそろそろ姿が確認できる位置で待機しているだろうが、全く気配も魔力も分からない。あんなに派手なのに、隠れると探せないというのもスゴイな。

「ベリアル殿もいい宝石が買えたかな」

「うーん……、まだ近くにはいないわね」

彼女には感知できるのか。さすがは契約者だ、王が魔力を断っても辿《たど》れるのか。

ひとしきり楽しんでから、人気《ひとけ》が少ない方へと足を向ける。

「あ、こっちにはもうお店はないね」

「そろそろ帰ろうか。王都の門でベリアル殿と合流する予定なんだ」

「そうだったのね。十分楽しんだし、素材も買えたわ」

買ったのって、素材くらいなんだよね……。彼女のことがよく理解できたよ。さて、ベリアル殿と合流されると厄介だと考えているはずだ。接触があるなら、王都の中だろう。

そのまま歩いていると、ついに後ろから男が声を掛けてきた。

「失礼します、魔導師様。少々お時間を宜しいですか？」

笑顔で近づく男の後ろには、二人の護衛が控えている。だいたい役目は見当がつく。

「どちら様でしょうか？」

「私はとある国に仕える者です。公爵に援助を願っていらしたようですね。我が国では優秀な人材を探しております。もし来てくださるのなら、貴女が望むだけ援助を致しましょう」

「……いえ、間に合っております」

資金援助を願い出たと、勘違いしていたか。懐柔できると判断して姿を現したわけね。

アッサリ拒否されたので、後ろの二人がジリッと足を進めた。

「悪魔の方と契約もされておりますね？　召喚術師は大歓迎なんですよ。家も、研究室も、全てご用意致します。成果によっては、身分も与えられるでしょう」

貴族の称号を与えると示唆している。さすがに不審に感じたようで、イリヤ嬢はチラリと視線を寄越した。私は彼女の前に進み出る。

「残念ながら、全て間に合っております。お引き取りを」

拒絶の言葉に、相手はため息をつく。

「仕方ありませんね。だが、護衛がその男一人とは不用心ですよ。こちらには軍でも優秀な」

話の途中で申し訳ないが、私は剣を抜いてまず一人目に斬り掛かった。さすがに軍でも優秀、すぐに対応してくれる。剣が合わさり、すかさず別の角度から斬りつけてもしっかりと防がれる。

何度か金属の合わさる音が続き、ついに相手の剣が折れた。

いやあ、よく私が殿下から賜《たまわ》った剣を防いだものだ。

相手はまっぷたつに折れた自分の剣を、信じられないものを見るような目で凝視した。

「そんなバカな……っ、これはアポイタカラにミスリルを合わせた、特別な剣だぞ⁉」

「悪いねえ、こちらはオリハルコンに攻撃力増強を付与してる」

「……最高の金属オリハルコンに、さらに攻撃力増強だと……⁉　どうかしてる！」

予備の剣を構えながら、罵倒《ばとう》してくるんだけど。どうも皆に不評だな。もう一人の男も、私の剣の切れ味に警戒感を露《あら》わにしている。

私を排除する予定なのは想像がつくが、その後は彼女を無理に連れて行くのか、それとも殺すつもりなのか？　どちらだろう。

殺すつもりだとしたら。悪魔との契約者を殺したら、自分達が復讐に殺されると危惧《きぐ》するはず。

しかし契約者がいなくなった後、悪魔が国を守ることはない。その場で暴れてくれれば、被害を受けるのはチェンカスラー王国。そこまで覚悟して計算をされていたら、彼女の命も危ない。

一人目の腕を斬り、そこに襲い掛かるもう一人の剣を防いで下に滑らせ、鎧《よろい》の隙間を狙って相手の足に傷を作った。

この隙にイリヤ嬢を目の端で確認しておく。彼女は巻き添えを喰らわないように離れて、勧誘してきた男に顔を向けていた。男の手に握られているのは、短剣だ。

「懐柔が無理ならば、殺せ。これが私への命令だ……っ！」

震える手でしっかりと武器を握り、男がイリヤ嬢に向かって駆け出す。私は彼女を守ろうと、振り返った。背を向けたのだ、この二人が後ろから攻撃するよりも早く移動しないと。

だが彼女は、手で私の動きを制す。

「恐れを知らぬ者よ」

「うわあああぁ！」

空から舞い降りたベリアル殿が、男の顔に片足を着地させた。

男はそのまま真後ろに倒れる。え、どういう倒し方？

おっと、そちらばかりに気を取られてはいられない。腕を斬った敵は逃げようとし、もう一人は足の怪我を押して、覚悟を決めて今だとばかりに剣を振り上げた。あの怪我で逃走するよりも、現実的な選択だね。

私は武器を合わせて滑らせ、進みながら首に剣を突き付ける。

「く……っ！」

観念したのか、男は膝《ひざ》をついて項垂れた。

「うわあぁ、アレが悪魔……、やべえ‼」

もう一人は疾走しながら、ポーションを飲む。その先に背の高い男が立ちはだかった。

「ちょうど良かったな」

黒いコートを翻《ひるがえ》し、悪魔キメジェス殿が剣を抜いた。逃げている男も、反射的に剣を構える。あちらも悪魔だとは気付いていないようだ。

「くそうう、どけえええぇ！！！」

更に足を速め、勢いのままに斬り掛かる。キメジェス殿は軽く防いで幾度か剣戟《けんげき》を響かせ、スッと前に進んだ。突然の行動に思わず後ずさる男の顔を覗き込むようにしてから、柄頭で胸を強く叩《たた》く。

「人間にしては、まあまあか」

「ぐうぅっ！」

その場で崩れるように、うずくまる男。後から追いついたハンネス殿が、引き連れている公爵の私兵に男達を捕縛させた。

「公爵邸を見張っていた工作員は、ベリアル殿が捕まえてくださいました。町の外に待機していた連絡役の身柄も、確保しています。これで全員でしょう」

私達が公爵邸から外に出れば確認に来るだろうから、ベリアル殿が別行動のフリをして、公爵邸の敷地外を監視してくれていたんだよね。まんまと目論見《もくろみ》通りになったわけだ。

工作員のおびき出しも大成功だったし、役目は果たしたな。私兵がガッチリと工作員を囲み、ハンネス殿とキメジェス殿が協力へのお礼を告げて、去って行った。

「……こんな偶然、あるのねえ」

イリヤ嬢、まだ作戦だって疑ってもないよ。

ないからね、こんな偶然は。

五章　アムリタ作りと鉱山

今日はついにアムリタを作ろう。

念願の素材を入手したし！　防衛都市でシーブ・イッサヒル・アメルの採取依頼を出してもらっているけど、ひとまずエルフの村でもらったものを使う。

前回エリクサーの作製を商業ギルドのギルド長が見学したので、今回も誘ってみると、二つ返事で私の家へやって来た。エクヴァルも見学する。この二人は初顔合わせだったかな。

エクヴァルには、ベリアルの助言でギルド長に私の素性を教えてあると伝えた。そのベリアルは、今日は一人で何処かへ出掛けている。


ギルド長が事情を知っているなら自分も自己紹介をしておこうと、エクヴァルがエグドアルムの皇太子殿下の親衛隊に所属していて、今は私の護衛をしていることを明かしていた。ギルド長はとても恐縮して、返事がちょっとぎこちない。

「あ、Ｄランク冒険者として登録してますから、予定がなければ依頼を受けますよ。よろしく」

「Ｄランク……？　あ、ああ、なるほど。そういうことですか」

少し思案して、すぐに事情を察したよう。

一国の親衛隊に所属する人間をDランク冒険者レベルの報酬で雇えるなら、かなりお得！　彼はドラゴンにも怯《ひる》まない。

……とはいえ、エクヴァルが積極的に動く時は、情報が欲しいとか他にも目的がある時だ。私も覚えてきたぞ。ギルド長を情報源として認定したんでしょ。

「エグドアルムの情報が入りましたら、些細《ささい》なことでも一報ください」

「ああ、今のところは特にないが。ただ、取り引きのある国の人の話によると、最近は返事が遅くて商談がまとまりにくいそうだよ。エリクサーが買えないと、困っていたよ」

「……なるほど、ね……」

悪そうな笑顔でエクヴァルが頷《うなず》いた。

エグドアルムで、魔導師長の不正調査に動きでもあるのかな。

マンドラゴラ、シーブ・イッサヒル・アメル、羽衣草、竜のしっぽ。これらをキレイに洗ってひたひたの塩水につけて、十分ほど置いてから火にかける。

「大海を攪拌《かくはん》せよ。太陽と月、二つの天球が照らし、一切の影はできまじ。花が降《ふ》りて力は戻る、黄金よ流出して祝福を与えたまえ。神々の偉業を完成させ、我が手に妙《たえ》なる秘薬を与えたまえ」

一時間程かき混ぜつつ煮る。竜の素材は形状が全く変化しない。

そして注意すべきが、アムリタ作製中に未解明の作用で生まれる毒。コレを完全に排除しないと、アムリタとしては失敗になる。毒が染み出したのを確認して、解毒の呪文を唱えた。

「毒よ、蝕《むしば》むものよ。悪戯に人を苦しめる、苦き棘《とげ》よ。天と地の力により、汝《なんじ》は駆逐されよ」

「……あれ？　イリヤ嬢。その魔法、なに？」

「これ？　昔の強力な解毒の魔法を解読してカスタマイズして、復活させたの。効果あるわよ。覚えておけば？」

「……エグドアルムの宮廷魔導師とは、本当にすごいね……」

ギルド長がほお、と感心して頷《うなず》く。

毒消しは、ハイランの地下茎やランヨウの葉のしぼり汁を入れるやり方もある。全異常に効果のある魔法を使っちゃう、大味な人もいる。

「ギルド長、彼女は特別ですから……」

普通に真面目に研究していただけですよ！

これを布で濾《こ》して、液体を更に半分になるまで煮詰め、ベルガモットの精油とミツロウを加えて固める。

材料が手に入りにくい以外は、焦がさないよう注意しつつ毒を排除し、しっかりかき混ぜ続ければ難しくはない、それがアムリタ軟膏《なんこう》！

そして白い容器に入れるのが決まり。ちなみに内服薬にしたければ、粉薬にすれば良い。


これで完成です！　十個のアムリタ軟膏。あとはシーブ・イッサヒル・アメルが届いたら、また作れるね。このうちの二個をギルド長に差し上げたら、また恐縮された。

必要な分は揃《そろ》ったから、安心だわ。

「あ、そだ。鱗《うろこ》の加工を頼みたいから、ついでにギルド長を送ってくるよ」

「うん、お願いね」

エクヴァルがそう提案して、この前お土産にあげたティアマトの鱗を持ってきた。

ドワーフのティモの工房に頼むらしい。鱗の素材で防具を作った後だし、扱いに慣れたかな。

親衛隊に護衛されるなんて王侯貴族になった気分だと、ギルド長はとても喜んでいた。確かにそうかも。普段は軽い話し方をしているエクヴァルの立ち居振る舞いは、よく見れば単なる冒険者とは思えないし、立派な護衛に守られている感じがするよね。

私は地下の仕事場の片付けをする。ついでに、以前に仕込んだソーマの状態を確かめた。

一ヶ月寝かせる必要があるのだ。経過は順調、もうすぐ仕上がるよ。

あとは公爵とワステント共和国で会った男性に、アムリタ軟膏を届けないとね。


一通り終わってリビングでくつろいでいると、ただいまと玄関の扉が開く。

「ティアマトの鱗、加工できないって断られたよ……。硬すぎるって」

エクヴァルが珍しく落ち込んでいる。鱗は使わないと困っていたのに、どうやらお土産の鱗は使うつもりになってくれていたらしい。

「ヨルムンガンドは大丈夫だったのかしら？」

「アレでギリギリだったみたいだね。工具が壊れる、これは何なんだって詰め寄られた。ティアマトとは教えられないよねえ……」

まあそうだよね。どこでどうやって手に入れたって話になる。

「工具の強度が不足であるならば、それから作れば良いではないか」

エクヴァルよりも先に戻っていたベリアルが提案をすると、暗くなっていたエクヴァルの表情が晴れやかになった。

「あ！　その手がありましたな！　早速相談してみます！」

「ティモ様の工房でしょ？　私も行こうかな。公爵様の実験施設の結界を壊しちゃったし、せめていい魔石とかがあったらお詫《わ》びになるよね」

結界を張るのは、セレスタンの知り合いがやってくれる。壊れた施設を修繕してからだろうし、これから魔石を探して持って行っても、間に合うよね。いい魔石がどこで手に入るか、教えてもらおうっと。


というわけで、私達三人でティモの工房を訪れた。商店街から少し外れた場所にある工房からは、槌《つち》を振るう音が甲高く響いていた。

「こんにっちは～」

「おう、さっきの兄ちゃん。それに嬢ちゃん達まで」

薄汚れた作業着姿で、汗をかいたティモが顔を出す。作業の途中だと絶対に手を止めないので、ちょうど区切りが良かったようだ。

工房には鎧《よろい》がいくつか展示してある。売り物の剣は台に並べてあって、壁にも飾られていた。籠《かご》には安価な剣が何本も、無造作に入れてあった。

壁に掛けられたボードに、注文内容や納期を書かれた紙が何枚も貼られている。商業ギルドから最高ランクの職人である証、マイスター認定を受けたこの町一番の鍛冶師《かじし》なので、依頼はひっきりなし。

額に入れて誇らしげに掲げられている認定証。

「先ほどの鱗の件なんですがね、工具を新調すればどうかと考えまして！　どうです、必要な鉱石があったら私が探してきます！」

やたら乗り気だ。やっぱりティアマトの鱗は魅力があるらしい。

「ヒヒイロカネなど、どうかね？　どこか、採掘できる鉱山を知らんかね？」

今日のベリアルはやたら親切だぞ。これは絶対、裏がある。

「ああ、それな。欲しいんだよな。だがなあ、今ヒヒイロカネを探せる職人が身内の不幸で、休暇は終わったのに、仕事を放棄しちまってんだよ。採掘は止まりっぱなしだ」

「それは大変ですね。他に見える方はいらっしゃらないんですか？　あの赤いオーラ」

私は集中すれば、普通に映る。だからアレは誰にでも分かるわけじゃないと教えられた時は、衝撃だったな。

「そうだよ、アレは普通のヤツには区別つかね……、て。嬢ちゃんまさか、見えんのかい⁉　あ、魔法アイテム職人か！　そういうのは敏感なんだな！」

「薄い赤い色をした魔力が流れる鉱石、ですよね」

その言葉に、ティモは破顔して膝《ひざ》をパンと手で打った。

「おおっ！　そうそうソレ‼　ここから東の山脈の、ちっとだけ南に行くと、でっかい鉱山の町がある。馬車の通る広い街道があるし、看板も出てるから迷わねぇだろ。そこに行って、俺の依頼で来たっつえば、鉱山に入らせてもらえるハズだ」

鉱山の町。それはちょっと面白そう。採掘している鉱山に入るなんて、滅多にない機会だし行ってみよう。困っている人のためにもなるし⁉

ヒヒイロカネが産出される鉱山なら、質のいい魔石もありそうだわ。


出発は明日。皆で出掛けることにした。ベリアルもヒヒイロカネが欲しいらしい。単に新しい装飾品を作りたいようだ。炎の属性でもつけるのかな。

ヒヒイロカネは赤い火のオーラが出ている鉱石で、通常はわりと柔らかい。合金にすることで、かなりの硬度を持つという特徴がある。しかし合金にした時に火の属性は大抵が失われる。再び足すことが一番簡単かな。火とは相性がいいよ。

◆◆◆

私達は三人で鉱山の町コングロモを訪れている。

山の中にあるのに、かなり大きな賑《にぎ》わった町。奥に見える山が鉱山なんだろう。一部山肌が覗《のぞ》いていて、土を固めただけの道が町へ続き、トロッコや人夫が移動する姿があった。

食堂や宿、鉱石を売るお店に鉱山の人夫専用の宿泊所、大きな浴場施設などがあり、馬車を停《と》める場所が他の町よりたくさん設けられている。道は鉱石を積んだ馬車が通ることを考慮して、幅が広くとってあった。労働者のための遊技場もある。

冒険者ギルドと商業ギルドは、並んで立っていた。私は宿を手配してから、商業ギルドへ向かった。受付でティモに言われた通り、彼の依頼でヒヒイロカネを探しに来たことを伝える。すると受付の人がギルド長を呼び、応接室で詳しい説明をされた。

ヒヒイロカネの採掘が中断されていたのは、結構な打撃だったらしい。

「それは助かります！　いやあ、採掘が進まなくて困っていたんですよ。監督と人夫を手配しますから、明日にでも坑内に入って頂けますか⁉」

「差し支えありません。こちらこそよろしくお願い致します。では、採掘量の一割をこちらで頂くという契約で、問題はございませんか？」

賃金でなく鉱石でもらう交渉をするようにと、ティモから教わっている。魔石も見つけたら優先的にもらえるよう、約束してもらった。

ギルド長は二つ返事で頷《うなず》く。

「はい、今回はそれで。ただ、しばらく採掘に入っていない坑道なんで、強い魔物が出現する恐れがあります。必ず監督の指示に従ってください。そして危険だと感じたら、すぐに逃げること。労働者達は貴女より先に逃げられないですから、彼らの安全のためにも頼みますよ」

「了解致しました」

待ち合わせなど細かい打ち合わせをしてから、お辞儀をしてその場を後にした。

「あの上品な女性が、鉱山の採掘場なんて入って大丈夫か……？」

扉を閉めてからギルド長が一人呟《つぶや》いた言葉は、私には届かなかった。

次の日の朝。

待ち合わせの場所には、たくさんの男性が待っていた。

わあ。つるはしやスコップ、もしくは両方を持った人が二十人近くいる。これが鉱山の人夫なのね。体格がいい人が多い。

剣を持っているのは、護衛だろうか。魔物の心配をしていたものね。二人ほどいる。あと一人、木の杖《つえ》を持った細い人は、魔法使いかな。

「私が監督のダニオです。よろしくお願いします」

「お初にお目に掛かります。魔法アイテム職人をしております、イリヤと申します。こちらこそよろしくお願い致します」

指先をお腹の前で軽く合わせ、頭を下げる。相手の人も、どうもと照れながらお辞儀をしてくれた。監督といってもまだ三十代くらいで、鉱夫の平均年齢よりも若そう。短い茶色い髪の男性だ。

「いやあ、上品な方だと聞いてましたが本当ですね。採掘場なんて洞窟《どうくつ》みたいですけど、大丈夫ですか？」

「上品なんてそんな、普通ですよ。ご心配には及びません、山間《やまあい》の村が出身ですので、幼少期は森の中を駆けまわっておりました」

人夫さん達もニコニコしている。強面《こわもて》だけど、優しそうで安心した。待ち望んでいたヒヒイロカネの採掘の再開だし、気合十分なんだろう。

「……そっちの剣士は護衛か？　Dランク？　まあ無理するなよ、あと危ない時は下がってろ」

護衛の冒険者らしい剣士の一人が、エクヴァルのランク章を確認する。彼はCランクだった。

「大体はそちらにお任せしていい感じ？」

「そうだ。こっちはそれで報酬を貰《もら》うんだしな。お前はその雇い主を守れ、契約ってのはそういうモンだ」

「ご忠告、痛み入る」

エクヴァルは少し笑って返事をした。

怖い雰囲気になるのかと危惧《きぐ》したけど、そうでもないようだ。単にぶっきらぼうな人？

町の裏側にある道から山に向かって、砂利の多い登り坂を進む。途中で鉱車と呼ばれる、大きなトロッコと行き合った。トロッコは採掘トンネルの中から、既にたくさんの土を載せている。

「あれ、もう作業が始まっているんですか？」

「ああ、あれは別口だから気にしないで。他の鉱石も産出してるからね」

私達は正面の大きな坑道から離れた、脇にある坑道から入るようだ。こちらにもトロッコの線路が一本ある。とはいえ、二本も引いてあった中央のものより坑道自体が小さい。

坑道の左右には魔石による明かりがあり、足元は予想より平らにならしてあって、歩きやすい。

薄暗いからか、そんなに時間は経ってないのに結構歩いたような気もする。

「採掘場までもう少しありますからね、頑張ってください」

「はい、大丈夫です」

監督のダニオが、励ましてくれる。

「久しぶりに入るので、魔物が出てくる可能性があります。皆さん、気をしっかり引き締めて」

洞窟とかだと酸欠の恐れがあるから、火の魔法はダメだよね。そして種類によっては、土も。崩れでもしたら元も子もない。

しかも、私の隣には火の属性がかなり強い悪魔がいる……。

心配だ、戦いにならないといいな。ベリアルは暴れられると期待して、一緒に来たのかしら。

「出たぞ、サンドワームだ！」

先頭の魔法使いが叫んだ。剣士は先頭と最後尾に一人ずつ。

サンドワームは大きいミミズのような姿をした魔物。目がなく、頭を持ち上げてぶつかって攻撃してくる。正直、気持ち悪い。

「吐息よ固まり、氷凝《ひご》りとなれ！　装填《そうてん》せよ、我に引き金を与えたまえ。幾多なる堅氷《けんぴょう》の礫《つぶて》を豪雨の如く打ち付けろ。弾幕を張れ！　グラス・ロン！」

冒険者の魔法使いが、水系の攻撃魔法を唱えた。幾粒もの丸い氷の礫がサンドワームに向かって、勢いよく飛んでいく。中級だ。

なかなかいい選択だけど、粒が小さいし威力が弱い。

サンドワームを、これで倒せないの？　魔法が途切れると同時に、地面に倒れて怯《ひる》むサンドワームへと、剣士が剣を振り下ろして討ち取った。

魔法使いは満足げな表情をしている。これはちょっとダメ出しをしたいぞ……。

いや良くないよね、今は守ってもらう立場だものね。

「おい、そっちからも‼」

鉱夫の一人が、坑道の横道から現れたサンドワームを指で示す。

振り向けば、ちょうど私の方へ迫《せま》っていた。

「はいはい、行きましょ」

エクヴァルが軽快に走り出し、ぶつかってくるサンドワームの図体《ずうたい》を軽く避け、脇から一太刀で斬り裂く。

「終了。これ嫌いなんだよね」

「私も苦手だわ……」

もうサンドワームは動かない。呆気《あっけ》なく終わった。

普通に会話していると、頑強な男性が感心したようにエクヴァルに笑顔を向ける。

「いやあDランクの護衛だっていうのに、強いな兄ちゃん！」

「あ～、元からケンカが好きなんだ。冒険者には最近なったばかりだよ」

気に入られたようで、笑いながらバンバンと背中を叩《たた》かれ、ちょっと痛そうだった。

「ははは、なるほどな！　顔のわりに威勢がいいな！」

冒険者の剣士と魔法使いは、驚いて顔を見合わせていた。


ついに採掘途中の現場に到着。

「ここは青いオーラ。アポイタカラですね。ヒヒイロカネが欲しいんですよね。あとは魔石のいいのがあればいいなあ」

「……ちょっと待ってください、ここにアポイタカラが……!?」

監督が、私が呟いていた場所に手を当てた。アポイタカラは実のところ、ヒヒイロカネと同じ鉱石の、属性違いといったところ。合金にしてしまえば、あまり変わらない。

「そうですけど？」

「おい、ちょっとここを掘ってみろ‼」

数人が集まって、作業が開始された。これは見守った方がいいのかな？

「凝り固まりし岩を破砕《はさい》せよ。掘り進め、開孔《かいこう》して押し均《なら》し道を作れ。立ちはだかる土の壁を崩して侵食せよ、エクスカベイション！」

土属性の、土を掘る魔法が唱えられた。岩面がガラガラと小さな塊になって崩れ、ツルハシよりも効率的に進められる。

なるほど、こういう使い方もあるのね。数人が唱えられるらしく、固い岩盤などでは特に重宝するらしい。これが使用できると、給料も上がるんだとか。

「ヒヒイロカネにはまだ掘り進まねばならんな」

赤い火のオーラを出すヒヒイロカネはベリアルと相性がいいので、分かるようだ。さすがにまだ、私には感知できていない。

監督はベリアルの言葉に半信半疑だったが、むやみに掘るよりいいだろうと、そこも採掘するように指示をした。しばらくは土しか出ないので、トロッコに載せて表へ運ぶ作業が続く。

エクヴァルはやることがないので、辺りを警戒している。

「お前、Dランクなのに強くないか……？」

「ん、そう？　まあ、戦うの好きだから」

「あー、そういう感じする」

「……肯定されるのも微妙だな～」

先ほどのCランク剣士と少し仲良くなったようだ。一緒に仕事をするなら、上手くやった方がいいよね。

結果としては、ヒヒイロカネとアポイタカラは、両方発見された。しかしヒヒイロカネはまだあまり掘れないうちに時間になってしまったので、続きは明日に。

私は大したことはしてないんだけど、慣れない仕事は疲れるものだ。その晩はゆっくりと、よく眠れた。


そして翌日。鉱山の朝は早い。なので、他の町より宿の朝食も早くから用意される。

エクヴァルが仕事の前に、この町にはどんな依頼があるのか冒険者ギルドに寄って確認してくるというので、私とベリアルもついて行くことにした。

「ほーほー、鉱山での護衛、鉱山の手伝いもあるのか。運搬の護衛、周辺の調査や採取依頼。討伐は少なめだな」

朝なので、ギルドは依頼を受けたい冒険者でいっぱいだ。

受付には依頼の札を持った冒険者が並んでいる。いったん受付を通してから、正式に受注になるからだ。邪魔になりそうだな、エクヴァルの用が済むまでギルドの外で待った方が良さそう。

出入り口に向かおうとしたら、外から勢いよく扉が開かれる。

「おい、ふざけんな！　あれはサンダーバードなんかじゃないぞ⁉　どうなってんだ、この依頼！」

エクヴァルと同じDランクのランク章を付けた冒険者が、腕から多量の血を流しながら怒鳴り込んできた。

ギルド内が一気にざわざわと、騒がしくなった。受付カウンターの脇から年配の男性が出て、怪我をした冒険者のもとへ駆けつける。

「大丈夫か⁉　アレは未確認情報だったんだ、申し訳ない。まだ危険度も判定前だったのに……、誰だ依頼に回した奴は！」

「マジかよ……！　ふざけんな‼」

どうやら手違いで、まだ依頼にするつもりがないものが紛れてしまったらしい。そして、不幸にも受けてしまった者の手に余るような事態だったのね。

「で、どんな魔物だったか教えてもらえるか？　調査の分の報酬と、治療費と危険手当も払う。悪いが報告を頼む」

激高していた冒険者だったが、申し訳なさそうにする男性の申し出に、少し落ち着いたようだ。

「……確かに雷を使う魔物だった。顔はライオンのようで鷲《わし》の体と羽がある。グリフォンよりも、もっとよほどデカイ。あ、前足はライオンだったかな……」

「……雷を使う、ライオンのようで、鷲の羽のある魔物……？」

二人は知らないみたい。この辺りには現れないのだろうか？　これはチャンス。周囲でやり取りに注目している群衆を押しのけて、話せるように冒険者の横まで進んだ。

「大きさはロック鳥よりは小さめですよね？」

「……ロック鳥を見たことはねえけど……、そこまでじゃないと思う」

「撤退は的確な判断であるな。鳥の魔物アンズーであろう」

やはり、ベリアルも同じ結論に至ったようだ。

「雷の威力はサンダーバードの三倍はあり、巣を作って数を増やします。一頭や二頭だけではないはずです」

私達の説明に耳を傾けていた年配の男性が、動揺してバタバタと受付の奥へ消えた。どうしたんだろう。怪我をした冒険者も、取り残されて困惑している。

「とりあえず、回復魔法を使いますね」

「は？　いや、しかし……」

「薫風《くんぷう》巡りて野を謳歌《おうか》する。籠《かご》に摘みたる春に、恵みよ溢《あふ》れよ。華めけ、満たされしもの。痛みも辛苦も、汝《なんじ》に留まる事はなし。ブリエ・ウィンドヒール」

風属性の中級回復魔法を唱えると、傷は跡形もなく消えた。アンズーの攻撃では痺《しび》れも多少あっただろうけど、この魔法なら消えているはず。

「おお！　痛みも痺れもない‼　ありがとう、アンタは……？」

男性が私を振り返る。

「お気になさることはありません。差し障りないようで、安心致しました」

「……いや、その、助かりました！　何かお礼を……」

そこに、先ほどの年配の男性が厚いファイルを手に戻った。

「あったぞ、アンズー鳥！　高く飛び強い雷を使う魔物だ。討伐には最低でもCランク、Bランク以上が推奨されていて、なおかつ攻撃魔法や飛行魔法が使えないと厳しいとある！　群れを作るから、数を増やす前の早めの討伐が必要と……！」

「あちゃー、私は足手まといか。まあイリヤ嬢の回復魔法が見られたし、良かったかな」

エクヴァルもアンズーが気になったのね。鉱山ではあまり強い魔物がいなかったからかな。サンドワームは嫌いみたいだし。私もあのミミズみたいな感じは苦手。

「回復って練習不足だから、期待ハズレだったでしょ。アイテムが作れるから、疎《おろそ》かにしちゃったのよね」

「……君の基準、厳しいね。普通に合格ライン以上だよ？」

「そうなの？　ところで、採掘は昨日の続きでいいのよね？　私はいなくても大丈夫かしら。アンズーも気になるし、どうしようかな……」

「行っていいんじゃない？　アンズーが町まで来たら、それこそ採掘どころじゃなくなる」

相談をする私達の横で、年配の男性は苦い顔をして、参ったなと呟《つぶや》いていた。ファイルを閉じて脇に抱える。

「確かにアンズーは討伐しないとな。つい最近、今度は町の近くでも雷を使う魔物の証言があったんだ。繁殖して既に群れが形成されている可能性も高い」

「俺達は二頭、遭遇した。一頭でもヤバそうだった」

襲われた冒険者が思い出して身を震わせる。

二人で討伐に行き、もう一人は薬を買いに走ってくれているらしい。アイテムに頼るなら、それなりのポーションと痺れの薬も必要だからね、すぐに手に入るとは限らない。探し回るには怪我が大きいので、頼んだそうだ。ここで待ち合わせているとのこと。

「討伐隊を結成するのに、おおまかにでも数を確認したいな。しかし対応しきれる冒険者が簡単に見つかるか……。これから依頼として出すか、国に調査から頼むしか……」

「群れる魔物だろ!? あんなものが繁殖したら、町が壊滅しちまう！」

「今は高ランク冒険者も滞在していませんよ」

受付の女性も客が途切れるのを見計らって、会話に加わった。彼女も不安そうにしている。どうやら困っている様子。

「あの、私どもにお任せを。エクヴァル、申し訳ないけど皆によろしくね」

「了解、こちらは問題ないでしょ」

そういえば、そろそろ集合時間だわ。エクヴァルはそのまま外へ出て行った。

「さて、我らは狩りであるな！　アンズーとは、なかなかの獲物！」

ベリアルはご機嫌だ。やっぱり狩りが一番の目当てだったようだ。どうして鉱山に狩りに行こうという発想になるのか……。しかもきちんと標的になる魔物がいるとは。

まあ、アンズーは私にとっても、ちょうど求めていたような相手だわ。

「ダメですよ、一頭は残して巣に案内させないと。アレは巣ごと殲滅《せんめつ》が基本ですからね」

「誰に申しておるか！」

「ベリアル殿にだから、言うんです」

「もしかして、君達がアンズーを倒すつもりか……？　冒険者ではないだろ……」

年配の男性は、信じられないというような視線を向けてくる。

「はい、なので依頼としては受けられません。行って参ります！」

「って、待ちなさい！　無茶をしてはいかん、数や巣の場所の確認だけでも報奨金を出すから……」

待ちきれないとばかりにベリアルがギルドを後にしたので、男性の話が続いていたけど、私も慌てて行った。

しかし外に出て気付いたことがある。

どこへ向かえばいいの⁉　アンズーと接触した地点を聞いていなかった！

再びギルドの扉を開き、先ほど回復した男性に質問する。

「……すみません、アンズーはどこにいましたか……？」

ううう、しまらないな……。

しっかりと教えてもらってから、出発よ。

私の目当ては結界を作るのに使える、アレクトリアの石！　実験施設と結界を壊してしまった、公爵に渡せるね。強い鳥の魔物から採取できる石なので、アンズーならあるかも。

ちなみにコカトリスは高確率で持っている。

アンズーは町よりさらに東の、高い岩場の方にいるとの話だ。

茶色い地面が続く登り坂は片側が崖《がけ》になっていて、とても危険。私達は飛行魔法が使えるからいいけど、よくあの冒険者もここを歩いて魔物討伐に行く気になったものだわ。

眼下には森が広がり、ゴツゴツした硬そうな岩が山の斜面に顔を出していた。

どこかから遠雷が空に響いている。徐々に近くなり、音が重なる。何頭かいそうな雰囲気だ。

「おった、おった！」

ついにその姿を現したアンズーに、ベリアルが喜色を湛《たた》える。

「三頭もおるわ‼　炎よ濁流の如く押し寄せよ！　我は炎の王、ベリアル！　灼熱《しやくねつ》より鍛えし我が剣よ、顕現せよ！」

燃えあがる炎の剣を手に、アンズーから放たれる雷撃の雨の中へと飛び込んでいく。

ベリアルって雷は、どの程度防げるのかしら……？

獅子《しし》の顔と上半身に、鷲の後ろ足と翼を生やしたアンズー。足だけでも人間ほどの大きさがある。それが三頭も飛んでいる姿は圧巻で、雷を纏《まと》い、雄たけびは稲妻となって襲い掛かる。

ベリアルは雷を避けてまず一頭を頭から斬りつけて、向かってくる別の個体に巨大な火の玉をぶつけた。その間にアンズーから放たれた閃光《せんこう》を剣で受け止めると、剣が揺らぐ。魔法ほどではないにしても、痺れる効果のある攻撃だ。

至近距離からの直撃はさすがにダメージがあるようだ。


「光の点滅よ、拡散して花びらと散れ。雲を蹴散《けち》らす飄風《ひょうふう》よ起これ、散じて天色は明朗なり。怒《いか》れる嵐は過ぎにし、離れし遠雷を聞けり。ボー・タン・シエル！」


雷の攻撃魔法を防ぐ、専用の防御魔法を唱えてみる。

どのくらいの効果があるか不安はあったものの、何本も光線を描いていた落雷がぴたりと止まった。作用時間は短そうだけど、上々の首尾だわ！

「もっと早くに使わんか‼」

ベリアルが抗議しながら剣で手前のアンズーを貫き、火を吹き込んで撃破。

雷を消され怒気に満ちて襲ってくる次の個体には、噛《か》みつこうと開かれた口に炎を浴びせ、苦しんでいるところを一気に切り裂いた。

最後の一頭の足を剣で負傷させると、怯《ひる》んだアンズーは慌てて翻《ひるがえ》り、背を向けて風を切って逃走した。

これを追い掛けて、巣ごと殲滅すれば終了！

アンズーは空を飛んで高い山の峰を目指し、岩だらけの場所に飛び込んだ。

そこには小さいアンズーも含め、十頭以上いる！　雷が弾けるようにあちこちで発生し、会話にならないほど音が途切れず続いている。近づくのは困難だ。

絶賛繁殖中ですね……。もうすぐ災害認定されそうよ、これ。

「ぬぬ。面倒であるな……」

雷を使う魔物の中でも、アンズーは攻撃の威力が強く群れる習性があるうえ、飛行するからなあ。

「まずは私が魔法でも。前に出ないでくださいね」

鉱山の坑道で魔法使いが唱えていた、あの魔法を使おう。魔力を長く流せば持続時間も増えるし、それなりにダメージを与えられるだろう。

「吐息よ固まり、氷凝《ひご》りとなれ！　装填《そうてん》せよ、我に引き金を与えたまえ。幾多なる堅氷の礫《つぶて》を豪雨の如く打ち付けろ。弾幕を張れ！　グラス・ロン！」

氷の礫がいくつも作り出されて、怒涛《どとう》の勢いで夥《おびただ》しい数が飛んでいく。距離はそれなりに飛ぶんだけど、氷が出現する範囲は広くない。しかし飛ばす場所を動かせるため、扇状に動かせば何頭ものアンズーに、一気に浴びせることができる。

とどめまでは刺せないにしても、半分以上が倒れた。他の個体の雷も弱まっていて、確実に成果を感じる。

この後はベリアルが楽しく駆逐して、全て終了。私はアレクトリアの石を採取。

五つ手に入れた！　これで公爵邸の結界の修復用に渡す分が、確保できたわ！

すぐ町へ戻り、冒険者ギルドでアンズー十六頭の討伐完了と、巣の場所を報告してから鉱山へ向かう。

報奨金がどうの、治療費がどうのと呼び止めていたけど、急いでいるのでまた今度とだけ答えて振り切ってしまった。鉱山のお仕事は、もう始まっているからね。

坑道では昨日に引き続き、掘削作業が行われていた。やはりヒヒイロカネのオーラを感じ取れる人がいないので、進行が遅れ気味。

前日の土砂の搬出作業は終わっている。すぐに作業に入らないと。

「すみません、急ぎの討伐をしておりまして。ベリアル殿は、他にもヒヒイロカネがないか探してください。私は現在作業中のものを請け負います。この深さなら、私にも感知できますので」

「なんだか大変な討伐に駆り出されたんだそうですね。来てくれただけでも助かります。おおい、こっちも魔法を……」

アンズーが増えると問題だとはいえ、仕事を放り出してしまったのだ。少しは怒られるかと覚悟したけれど、恨み言ひとつ零さない。人間のできた監督さんだ。これはしっかり協力せねば！

「いえ、お詫《わ》びと言ってはなんですが、こちらは私が魔法で掘り進めましょう」

「あの魔法を、使えるんですか？　討伐するような人が使う魔法じゃないですよ」

「凝り固まりし岩を破砕《はさい》せよ。掘り進め、開孔《かいこう》して押し均《なら》し道を作れ。立ちはだかる土の壁を崩して侵食せよ、エクスカベイション！」


皆は少しずつ慎重に掘っていた。だが私はヒヒイロカネの埋まっている地点に見当がつくし、直前まで一気に崩してしまおう。

広さと深さをオーラの感覚を目印に決めて、砕いた土が崩れるイメージを作る。ガガガッと音がして、魔法で掘った土が足元にゴロゴロ転がってきた。さすがにたくさん砕いたから、ちょっとした雪崩になる。足首が埋まりそう。

天井はアーチ形にしてみた。可愛くていい感じ。

「え、これ、こんな一気に……？　しかも地面も壁も、キレイに削れてる！」

「あまり使用したことのない魔法ですが、このような感じで宜しいですか？　もうヒヒイロカネ、掘れますよ」

監督は感服した様子で、素晴らしいと頷《うなず》いてくれる。

「これ凄《すご》くないか……!?　専門職の俺達より、よっぽどすげえ」

魔法を使って掘削していた人夫達も称賛してくれた。削られた壁を撫《な》でている。

「得意なんです、魔法」

魔法が褒められると素直に嬉《うれ》しい。

「仕事がなくなったら、いつでも鉱山に来てよ」

「ホントだよな！　仕事ができる、キレイな女性は特に大歓迎だ‼」

恥ずかしいくらい、持ち上げてくれる！

考えてみたらここにいるの、私以外の皆が男性だ。だからだわ！　でも鉱山で仕事はしたくないな、サンドワームが出るから。


「おお、やるねえイリヤ嬢。私はちょっと隣の坑道の応援に行くね」

「隣？」

エクヴァルが私の後ろを通り過ぎる。他の冒険者の人達は、ここに残るらしい。ここの監督が雇ったんだから当然か。

「強い魔物が現れたようでね。協力してくれと、頼まれたんだ」

「ということは、ピンチなのかしら」

「なんだか駆け込んできた人が狼狽《ろうばい》していて、話にならなくてねえ。行ってみないと解らない」

鉱山の中に出る魔物はたいてい飛ばないから、エクヴァルなら問題はないだろう。彼を見送って、私とベリアルは遅れた分を取り戻そうと、再び作業に戻る。

しばらく掘削を続けていると、作業員らしき男性がおおいと手を振った。

「ここに複数を回復できる魔法を使える人がいるって、本当か？　魔物は倒せたが怪我人が多くて、できるなら治療を手伝ってもらえないか？」

「私は構いませんが……。宜しいでしょうか、監督？」

たびたび空けることになってしまうので心苦しいが、必要とあらば協力したい。監督に確認すると、二つ返事で了承された。あれから予定より順調に作業が進み、なによりベリアルもいるしこちらは問題がないそうだ。

エクヴァルが討伐に向かった坑道の入り口に着いた。少し入ったところに、負傷して血を流している人が大勢いる。作業中の狭い坑道に魔物が現れたので、被害が拡大してしまったとのこと。犬型で足の速い獰猛《どうもう》な魔物に手こずっていたが、エクヴァルがアッサリ退治してくれたそうだ。

幸い動けない程の大怪我を負った人はいない。なんとか坑道から避難して、ここに集まっている最中だ。現在こちらの坑道は、他にも危険な魔物がいないか調査をしている。

私が回復魔法用の杖《つえ》を取り出すと、ちょうどエクヴァルが奥から姿を現した。

「イリヤ嬢……て、何その、ものすごそうな杖」

「アスクレピオスの杖っていう、私の回復魔法専用の杖よ。回復魔法は得意じゃないから」

軽く説明して、魔法に集中する。集まっている人達は杖を持って立つ私を、誰だろう、雇われた魔法使いかと噂している。

「満月は空にかかりて朧《おぼろ》に明かし。闇の褥《しとね》に憩い、一時の休息を求めん。ああ宵の静寂よ、今や虫の音も途絶え、帳《とばり》は足元まで降れり。誇りしは月、我が居《きよ》は岩の苔《こけ》にあり。フフェラ・ルナエ」

小さな灯火が薄暗い坑道に生まれて、人の間をふわふわ漂う。たくさんの目がそれを不思議そうに追っていると、パアッと真っ白に輝いて視界を塞《ふさ》いだ。

やがて潮が引くように、光は消えて静かな薄闇が戻ってくる。大勢いた負傷者は一人残らず怪我が治り、この人数を一度で回復できたことに驚いていた。

「暗いとやっぱり、闇属性を使いたくなるわよねえ」

「この魔法、文献でしか見たことない……。君、使えたの……！　これで得意じゃないだって⁉」

「だから杖を使ってやっとくらいよ。闇属性だから、人気がなくて使い手がいないんじゃないの？」

妙に絡むなあ。杖を前に出して、これのお陰だと強調する。エクヴァルは近づいてマジマジと見つめた後、目を見開いた。

そして声を潜めて、周りに聞かれないように一言。

「……世界樹《ユグドラシル》じゃないか、この素材……⁉　我がエグドアルムが保有しているものより、大きいんだが……」

「ベリアル殿にもらったの」

「何でもアリだな、悪魔……！」

ユグドラシルにミスリルで作られた蛇の彫刻が絡みつく、背丈ほどの杖。私もそんな希少素材が使われていると判明した時は、本当にびっくりした。盗まれないよう注意しなきゃ。

皆には感謝され、ヒヒイロカネの採掘も進んでいて、無事に目的が果たせそう。

ヒヒイロカネは精製してから渡されるので、受け取るのはまだ後になる。ティモの工房に直接届けてもらう約束をした。


あっ。報奨金を忘れた……。あれから冒険者ギルドに寄ってないわ。

◆◆◆

アムリタは完成しているし、魔石よりも結界を作るのに適している、アレクトリアの石を五個も入手した。まずは公爵邸に届けよう。

アムリタはワステント共和国で会った、初老の男性にも渡したいな。

現在はベリアルとエクヴァルも一緒に、王都へ向かっている途中。エクヴァルはワイバーンに乗っている。もうすっかり器用に乗りこなしていた。私より上手いんじゃないかな。

ペガサスに乗った人が反対側から空を切って通り過ぎ、ワイバーンに騎乗するエクヴァルを振り返っていた。ペガサスはたまに乗る人がいるけど、ワイバーンはかなり少数派なのだ。馴《な》らすのが難しいんだよね。

王都はレナントより出入りに厳しいので、いったん下りて検問を受ける。前もって公爵に訪問予定を伝えておけば、融通を利かせてもらえたかな。特に連絡はしていない。

貴族の邸宅が並ぶ区画に向かい、中でも一際大きな公爵邸の門の前に立った。

しっかりと門番が二人いる。

「これは、イリヤ様」

「突然の訪問で失礼致します。公爵様はご在宅でしょうか、お渡ししたいものがありまして」

「はい、少々お待ちを」

開門して、案内してくれる。ガーデンパーティーを開催するくらいだから、庭も広い。

玄関に着くと、ハンネスと悪魔キメジェスが出迎えてくれた。ベリアルもいるから、察知したんだろう。侯爵キメジェスが進み出て、礼を執る。

「ベリアル様、ようこそおいでくださいました」

「うむ。実験施設は修繕されたかね」

「まだ途中でして……」

おおっと、やっぱりまだ工事中でした。工事が終わり次第、結界を頼めるように手配してあるそうな。結界を張る術者は、現在王都へ向けて移動中と説明してくれた。

二人に案内されて、天井が高く立派な柱が聳《そび》える玄関から、廊下を進んで応接室へと移動した。

公爵は先に部屋で待っていてくれて、椅子を勧められる。

「これはイリヤさん。ちょうど良かった。トランチネルの工作員の身柄を確保する手伝いをしてくれて、とても助かった。その後の話をするのに、招待しようと思っていたんだ」

「はあ」

この前、王都に寄った時のことね。公爵は一呼吸置いて、説明を始める。

「聞き出せた範囲だと、すぐに戦争になる気配はないが、国内で何かしているようだ。各国に連絡して、これからも連携しながら注視していかねばならない。それと、ガーデンパーティーに紛れ込んだ食人種《カンニバル》も彼らの仕業だと自白した。商人に成りすまして貴族とコンタクトを取り、知能のある食人種を召喚して契約し、招待客のパートナーとして送り込んだ、とね」

やっぱり食人種がパーティーに紛れ込むのは、チェンカスラーでも異例なのね。パートナーがいないと思われる貴族にターゲットを絞って、接触していたとか。

「伯爵はどうなりそうですか？」

エクヴァルが尋ねた。報告書もまとめてくれたんだし、気になっているんだろう。

「アバカロフ伯爵は領地での悪行もあるし、利用されたとはいえ、よりにもよってトランチネルの工作員に協力したからね……。私が庇護《ひご》するイリヤさんに冒険者を雇ってまで危害を加えようとした罪も重い、そりゃ重い。爵位は確実に剥奪《はくだつ》だな」

爵位の剥奪って、楽しい話かな？　笑っているよ、怖いなあ。国王陛下がやらなかったら、自分で断罪しそうだ。家令の男性はすました顔で隣に立っている。

「さて、今日はどんな用だろう？　アムリタに足りない素材があったかな？」

公爵からの報告は、これで終わりなのね。話題を切り替えた。

「いえ、アムリタ軟膏《なんこう》が完成しましたので、持参致しました」

「そうか！　どれ、見せてもらおうかな」

「アムリタが、もう！？？」

公爵よりもハンネスの方が驚いている。私はアムリタを取り出して、家令の男性を通して公爵へ渡した。

「白い容器……、しかしドラゴンの素材や海水を使うのでは……」

ハンネスは素材について、知識があるようだ。首を傾げている。

「海水を？　チェンカスラー周辺に海はないぞ」

「塩湖の水を汲《く》みに、ワステント共和国へ行って参りました。ドラゴンの素材はちょうどフェン公国で手に入れておりましたし、順調に揃えられました」

早かったでしょう。エッヘン！

「なるほど、さすがに飛行魔法を使えると移動範囲が広くなる」

納得して受け取ってくれた。そうそう、お土産があった。これも渡さないと。

「それから、鉱山でアンズーを討伐して参りました。アレクトリアの石が五つほどありましたので、こちらもお渡しします。結界を作る際にご利用ください」

「鉱山でアンズーの討伐？　初めて耳にする魔物だが、アレクトリアの石があるということは、かなり強いのでは？」

「ベリアル殿がおりますので」

この世界に、地獄の王を脅《おびや》かすような魔物は生息していないのだ。召喚でもしない限り。

「アンズー……、人間が至近距離で雷の直撃を受ければ、即死するような魔物だったのでは⁉」

「確かに強い雷でしたね」

ハンネスが詰め寄るのを、キメジェスが肩を掴《つか》んで止めた。

キメジェスはベリアルの反応が怖いんだろう。それにしても、死ぬほど危険な雷撃だったのか。

「イリヤさん、あまり無茶をしないように……」

公爵に心配されてしまった。

「お心遣い、ありがとうございます」

「こんなに早く作れるとは想定外だよ。お礼を用意していなかった。少し待っていてくれ」

私に告げたあと、家令に向き直った。そして速やかに準備するよう指示して、公爵が確認したアレクトリアの石と、アムリタを渡す。家令は大事そうに抱えて、すぐに退室した。

これでいつ結界を張る職人が到着しても、大丈夫だよ。

ほどなく家令が、箱を持って姿を現した。庇護のお礼と結界を壊したお詫《わ》びのつもりだったけど、お金も貰《もら》えるんだ。

箱の中にはレリーフ金貨がたくさん……！　かなりの金額ですよ！

「こ、これは頂き過ぎでは？」

「アムリタもだが、アレクトリアの石も希少な素材だからね。トランチネルの工作員を捕らえた時の報酬も加えてある。安心してくれ、我が家はこのくらいで傾いたりしないから。遠慮なく受け取りなさい」

「で、ではお言葉に甘えて……」

おおお、あっという間にお金持ちになれそう。アイテム職人って儲《もう》かる職業だったんだ。

「また何かあったら、頼むよ」

「はい、私でお力になれることでしたら」


用事が済んだので、公爵邸を後にした。町の外に出てから、エクヴァルがワイバーンに乗る。

「ところでイリヤ嬢、この後はどこかに寄るのかな？」

「ええ、このままワステント共和国へ行く予定なの。アムリタを使ってほしい方がいてね。あ、エクヴァルは王都に他に用事でもあった？」

「私は大丈夫」

「我も用はないな」

今回は王都で寄り道せず、ワステント共和国を目指す。

ひどい古傷がある男性に、アムリタを届けなければ。アムリタは古傷にも効果があると言われているが、どの程度なのか。あんな大きくて後遺症が残るような傷なのだ、被験者として得難い人物ではないか。できれば経過観察をしたいくらいだわ。

空からなら、夕方にはワステントに着くだろう。北へ向かってひたすら飛び、隊商や冒険者達をワイバーンと私達の影が追い抜いていく。交易路だし、さすがに商人が多いな。

男性と会ったコアレの町に着いた。日が傾いて人の少なくなった広場を探したが、姿はない。

「イリヤ嬢、その初老の男性の名前は？　住んでいるのはこの町なんだよね？」

「……この町だと思って、特に何も聞いてないわ……」

「……あのね。君、それでどうやって探すつもり？」

「公園で会ったし、会えるかなあと……」

「なるほど、ノープランだったか」

あんまり大きな町じゃないし、簡単に再会できると甘く見積もっていたわ。

「そなた、それでよく薬を渡しに来る気になるな」

二人に呆《あき》れられてしまった。ベリアルも男性に会っているから、顔を覚えている。手分けして探してほしいとお願いしたら、渋々ながら承諾してくれた。私はエクヴァルと行動をともにする。

「足に古傷のある立派な体格の人物で、公園を散歩していたんだよね？」

「ええ。途中で足が痛んでしまったみたいなの」

「なるほど。足の怪我が原因で退役《たいえき》した元軍人で、街外れなんかに住んでいるのかな。公園は散歩だろうから、毎日来ている可能性が高い」

「二回とも、公園の近くで会ったわ」

公園を背に、繁華街へ移動する。子供のはしゃぐ声が響いていた。

「住んでいるのなら、食料などの買い出しは必要。繁華街の食品を扱う店を中心に探してみよう。あとは痛み止めなども買うだろうから、薬屋かな。足が痛めば喫茶店などで休むだろうけど、洒落《しゃれ》た店よりも男性が経営する、同性の客が多い店だろう」

さすが。私はとりあえずそこら辺を探してみよう、くらいしか考えていなかったわ。

繁華街を歩きながら、大きな窓越しに喫茶店を覗《のぞ》いたり、食料品店を一周してみたりした。美味しそうなお惣菜《そうざい》が売られている。アボカドって食べ頃が分かりにくいよね。

「……見る場所が違っておるぞ」

ベリアルだ。食べ物を眺めているところを、見つかってしまった！

こんなタイミングで現れなくていいのに。エクヴァルがまあまあ、と笑顔で間に入ってくれる。

「どうでしたか、ベリアル殿」

「おらぬな。明日にするかね」

「では最後に魔法薬を売っている店も回って、宿を探しましょう」

エクヴァルって頼りになるね。お任せで探せちゃいそう。私は周囲に気を配りながら、後ろをついて歩いた。人通りは多く、獣人ともたまにすれ違う。

魔法アイテムの店に入ると、エクヴァルが足を怪我した男性について尋ねてくれる。私はなんとなく、人波を眺めていた。

……あ。筋肉質な男性のグレーの髪が、人の間に見え隠れ。発見だ！！！

「いたよエクヴァル、あの人！」

「確かにあの者であるな」

お店を飛び出して、通行人にぶつかりそうになりながら駆け寄る。

「すみません、この前の方！」

なんと呼び掛ければ良いのやら。さすがにすぐには気付いてくれず、少し進んでからやっと足を止めてくれた。

「誰を探しているのかと思えば。この前のお嬢さん」

「いい薬を作ったんです。宜しければお使い頂きたくて」

追い付いた私に、にっこりと笑った。いかついけど優しそう。

「この前の薬も良かった。お嬢さんは腕がいいんだな。もし会えたら代金を渡さねばと、薬屋にいくら払えばいいか、相談をしたところだよ。わざわざ持って来てもらって、今回の分も払わんとな」

押しかけ販売をしてしまった。しかし男性は痛みが引いて普段より長く歩けると、嬉《うれ》しそうにしている。痛み止めの効果はしっかりあったようだ。

「この痛み止めを、もっと欲しいのだが」

これも同じような薬だと勘違いしている？

空いた容器を返してくれた。今度はアムリタ軟膏だから、治るはず。完治までいくかはともかく、少なくとも痛み止めはいらなくなるよ。

「この薬をお使いください。私はチェンカスラー王国の、レナントという町に住んでいます。もし追加のご用がある場合は、そちらの商業ギルドを通して頂ければ、私に伝わりますので」

「そうか。なら薬が欲しい時は、知り合いの冒険者に買いに行かせよう。そっちへ行くことも多いみたいだ」

代金と薬を交換して、目的を果たしたよ。

「何かありましたら、ぜひどうぞ」

「遠いところを、本当にありがとうな。もしこの国でトラブルに巻き込まれたら、相談してくれ。軍には顔が利く」

アイテム職人として役に立って、お礼を言われた。嬉しいな！

これからも頑張ろう！　私は晴れ晴れした気持ちで、ワステント共和国を後にした。


「……名前を尋ねなかったのは、もう会う予定がないから？」

「……あっ！」

目的を果たして、すっかり忘れちゃったわ……。相手も同じだったのかな、考えてみればお互いに名乗っていない。

先に指摘してよ、エクヴァル！！！

閑話　師匠の恩返し

「まさかとは思うが……ホントにアムリタか？　そんなすごいものを、名乗りもせずに渡すってのもな……」

「とはいえセレスタン、歩くことすらままならない程の大きな傷があったのだろう？　しかも既にポーションも効かないような古い傷が。となれば、正しくシーブ・イッサヒル・アメルを配合したアムリタだろう。他に古傷を完治させる薬はない。効果こそが証明だ」

俺はSランクの剣士、セレスタン・ル・ナン。Aランクのメイスを装備した魔導師、パーヴァリを連れて、ワステント共和国へ帰っている。それというのも、剣の師匠から冒険者ギルドを通して呼び出しを受けたからだ。

ちなみにパーヴァリは意気投合したから来ただけで、出身は海の方だという。

帰ってみると、以前は歩くのさえ辛そうな時があった師匠が、久々に剣の稽古《けいこ》をしているではないか。調子のいい時に無理をしてまた歩けなくなるのではと心配したが、なんと古傷がほとんど消えている。痛みもないとか。

そして師匠は若い女性から買い受けたという、その薬を見せてくれた。白い容器に入った軟膏《なんこう》はほぼ使い切っている。

この傷は、十年ほど前の戦争の時に負ったものだ。魔法も薬も残り少ない状況で、師匠は怪我を隠し他の者達の回復を優先させた。師匠らしいのだが、まさかこの傷が元で引退する羽目になるとは、誰も予想だにしなかった。


呼ばれた用件を済ませて、師匠の家へ報告に行き、せっかくなので上がらせてもらう。

この家はワステント共和国の南側に位置する、コアレという町にある。塩湖に近く、観光客もよく訪れる町。そこの外れに立つ小さな中古の木造の家を買い取り、一人で生活されている。

元将軍が、ほとんど世捨て人だ。

ちなみに俺は軍人ではなく冒険者だが、頼み込んで剣を教えてもらった。

「さすがにもう現役に戻る年でもないが、痛みがないというのは、いい。いずれ礼をしに伺わねばならないな」

髭《ひげ》をさすって、嬉しそうにしている。こんなに幸せそうな師匠は久々だ。できれば俺も、その方にお礼をしたい。

小さなテーブルを囲み、俺が三人分の茶を淹れて椅子に座った。

「それならば師匠、我々が探して感謝を伝えてきます。詳しく状況を教えてください」

「ありがたい、頼むぞ！　さすがに儂《わし》は、まだ旅をするのは無理だろうからな。薄紫の髪をした可《か》憐《れん》な女性で、赤い髪の悪魔と一緒にいて……。チェンカスラーのレナントという町に住んでいる。

確か、悪魔が名を呼んでいたな。なんと言ったか……」

「……イリヤ、ですか……？」

「おお、そうだった！　知り合いか⁉」

まさかの、あの女性だ‼　魔法も一流で王たる悪魔と契約していて、こんな薬まで作れるとは！

あの若さで驚異的な才能だ。

これ……うっかり騙《だま》されて戦ったとか、絶対に口にできないぞ……！

「え、ええ。ちょっとした知り合いです。住んでいる場所も知っているので、すぐお礼に行けますよ！」

「そりゃ話が早い！　しかしだな、そうなると何をお礼としたらよいやら……」

無骨な俺達二人に、女性が喜ぶ品など思い浮かぶはずもない。宝石とか花とかか？

……違うような。

黙ってしまった俺達の代わりに、パーヴァリが提案をしてくれた。

「……そうですね。魔法アイテムを作る者がこの町に来たのなら、塩か塩湖の水を求めたわけですよね。どのようなものを作るつもりか私には見当がつきませんが、作りたいアイテムがあるのでしょう。希少素材など喜ばれるのではないでしょうか」

「塩湖……、行かなかったようだぞ？　魔物が出て閉鎖されている間に来て、閉鎖が解かれる前に帰ってしまった」

俺とパーヴァリは顔を見合わせた。彼女、わりと好戦的だったよな。

嬉々《きき》として魔法戦をしていたぞ。

「……あ～……、その魔物、討伐されてませんでした？」

「よく解ったな。誰が倒したのだか、森に現れた巨大な蛇は一刀両断され、塩湖に迷い込んだシーサーペントは、魔法で倒されたようだったと聞く」

「多分、彼女達ですよ。たとえ閉鎖されていても飛行魔法で越えられますし、魔法の実力はＳランク以上でした」

師はなんとも驚いた顔をしていた。町で出会った彼女はとても穏やかで、戦ったりする人物には見えなかったらしい。

試したいなんて軽い理由で物騒な使用禁止魔法を放つ危険人物とは、確かに想像できないな……。

「まあともかく、素材を贈るにしても、何がいいもんだ？　そのシーブ……、なんたらは？」

「シーブ・イッサヒル・アメル。若返りの草と呼ばれ、これを入れねばアムリタとはいえ古傷を治す作用は生まれない。故に、これが配合されないものはアムリタではない、という者もいるが、如何せんきれいな水中にしか生息しないため、常に品不足なんだ」

パーヴァリの説明は堅すぎる……。要するに入手が難しいってことか？　俺が答えられないでいると、彼は更に説明を続ける。

「魔法使いが喜ぶ品だとガオケレナ、エリクサーを作るならアンブロシア。ソーマ樹液も地方によっては、かなり手に入らない。通常ドラゴンティアスがとても喜ばれるが、彼女ならきっと自分で狩るだろう」

「……狩る？　ドラゴンを⁉　ドラゴンティアスは中級以上にならねば、ほぼ採れないであろうが」

師匠の意見ももっともだな。熱い茶を一口飲む。ちょっと濃かった。

「悪魔と契約してますしね……。そうじゃなくても一人で狩れそうですよ、彼女」

「それが本当ならば、まるでエグドアルムの宮廷魔導師みたいだぞ。一人で狩ったという噂の男がいたな」

「魔導書の著者、セビリノ・オーサ・アーレンスですね」

パーヴァリは魔法関係が好きなので、色々と詳しくて助かる。ポーション類も上級くらいまで作れるので、魔法アイテムにも造詣《ぞうけい》が深い。アイテム職人でも楽に食っていける腕だ。

だが肝心のお礼の品はどうするか、結論が出なかった。いっそ欲しいものを教えてもらって、それから探しに行くのも手だな。

パーヴァリは先ほどから考えごとをしているようで黙ってしまったので、俺は師匠の引退してから今までの生活についてと、痛みがなくなってこれからどうするのかを質問した。

師匠はあまり動けない間に体が鈍《なま》っているから、ここで鍛錬をしながら静かに暮らしていくつもりだと答えた。

「まあ、国から要請があれば協力するのも、吝《やぶさ》かではないな」

「だいぶ意欲が戻られたようですね！　では、久々にお手合わせ願えますか？」

「ははは、今なら儂に勝てそうか？」

まっすぐに師匠が立ち上がる。足を庇《かば》うような動作が、みじんもない。

本当に治ったんだな……！　この覇気、久々だ。気力も戻られたか！


少し体をほぐして、約十年ぶりの手合わせをした。流石に動きに精彩は欠いていたものの、訓練に次ぐ訓練で体に覚え込ませた動きは失われていない。俺にとっても高揚する時間になった。

彼女に謝意を伝えたら報告に来ますと伝えて、パーヴァリと共にワステント共和国を後にした。

パーヴァリはしばらく難しい顔をしていたが、チェンカスラー王国領に入る辺りで不意に呟《つぶや》いた。


「……セレスタン。君の師との会話で確信した。イリヤさんは、エグドアルムの宮廷魔導師か何かに違いない」

「……は？　なんだ、唐突に」

その内容は本当に突然だった。なぜ急に魔法大国エグドアルム？

「彼女がエグドアルムの禁書庫から使用禁止魔法を復元したと発言したから、気になっていたんだ。そんな場所に出入りできる人物は限られている。そして、あのエクヴァルという男。公爵との交渉など慣れたもののようだったし、Dランク冒険者どころか、まるで貴族のようだった」

「……確かに。お前、難しいこと考えてるな」

俺は全く気にしなかった。そうなんだ、くらいで。

というより、あの魔法の威力が衝撃的過ぎて呆然《ぼうぜん》としてしまった……。冒険者としてSランクになったが、あんな破壊力の魔法は全然知らないぞ。すご過ぎて意味が分からん。

「……難しいことは考えていないよ。彼が自分の責任問題になると嘆いていた。あの秘密を守るような機関に所属しているのかも知れない。それと、エグドアルムの宮廷魔導師はエリクサーを作れることが条件になっているらしい。最上級の魔法アイテムを作れるのも、納得がいく」

「また厳しい条件だな……」

「賄賂《わいろ》が有効だとも噂だけどね。もしかして、彼女は何らかの理由で職を辞して国を発ち、それをエクヴァル君が追って来ている……？」

歩きながら自分に語り掛けるように喋《しゃべ》り続けるパーヴァリ。国境は森で、ここを抜けると一気に道が開け、チェンカスラーの高い塀を持つ防衛都市、ザドル・トシェが見える。

「尋ねてみればいいんじゃないか？」

「セレスタン……。君、本当に大丈夫か？　国の秘密に関わることは、詮索したらダメだろ……」

宮廷に仕えるほどの魔導師が職を辞したとなると、かなりの事態があったと想定されると、呆《あき》れられてしまった。


イリヤさんの家を訪ねると、対応したのはエクヴァル君だった。彼女はポーション類を卸しに出掛けているらしい。これはちょうどいいな。

言葉で聞けないことは、腕に聞く。これが一番。

「実は俺の師匠が彼女から貰《もら》った薬を使ったら、古傷が治って痛みがなくなったと喜んでいてな。

お礼に来たんだ」

「ああ、あの方か。君の師匠だったの？」

出会った経緯は知らないようだ。まず顛末《てんまつ》を説明して、彼女に感謝の品を贈りたいと、意志を伝える。

「師匠が元気になられたし、俺もまた剣に励みたいからな。そこでだエクヴァル君、暇なら手合わせしてくれないかな？」

「……セレスタン！」

パーヴァリが窘《たしな》めるが、エクヴァル君は口角を上げて笑う。

「それは……楽しそうだ。是非ともお願いしたいね」

やはり発言がDランクなんかじゃない。Sランク冒険者に手合わせを申し込まれて、素直に受けるDランクなんていない。


俺達はこの町の冒険者ギルドを訪れた。ギルドには会員が剣や魔法の練習をする建物があり、その地下には一定ランク以上の冒険者のみが使える、周囲から隠された特別な訓練場があるのだ。

「Sランクのセレスタン・ル・ナンだ。この町のギルドに地下訓練場を備えてあるなら、借りたい」

俺が受付でランク章を提示してそう告げると、受付嬢は一緒にいるエクヴァル君の姿に困惑していた。

そうだった、Sランクの相手がDランク……。これはおかしいな。

「あの、その方と……ですか？」

「ま、まあそうなんだが……」

「私の雇い主が回復アイテムを供与したお礼に、私を鍛えてくれることになりましてね。いやあ、いいチャンスですよ」

さらりと答えるエクヴァル君に、受付嬢がそれは良かったですねと微笑を浮かべる。

さっきの俺を値踏みするような態度と違うな……。まるで本当に、指導してもらうつもりのようだ。この前も思ったが、どうにも掴《つか》みどころのない男だ。

「知らなかったな。これは便利だねえ」

地下に続く階段を、エクヴァル君が軽快に降りていく。

「……よくまあ、すぐに言い訳が浮かぶな」

「いやいや、される予定の質問に対する回答なんて、用意しとくでしょ」

「まあ、疑問に思われても当然だろう」

パーヴァリもそうだろうと頷《うなず》いている。俺が考えナシなんだろうか……？

訓練場はなかなか広く、武器と魔法、どちらを使ってもいいように結界も張ってある。ランクが上がると、両方使う者も多い。木剣や棒など、ここで使う武器も用意されていた。

「パーヴァリ君も接近戦をこなす感じ？」

「いえ、私は身を守るためにメイスを持つだけで、ほぼ魔法です」

りに硬い。

「なるほど」

魔法使いは懐に入られると弱いから、少しは身を守れないと援護も間に合わない。パーヴァリはメイスに魔法言語を刻んだりして、杖《つえ》の役割も持たせている。ヒヒイロカネの合金なので、軽いわりに硬い。

俺とエクヴァル君が部屋の中央付近で少し離れて向かい合い、パーヴァリは巻き込まれないように壁際に立った。

「……始めっ！」

パーヴァリの合図とともに、エクヴァル君は勢いよく突っ込んでくる。普段は飄々《ひょうひょう》とした優男《やさおとこ》といった風体でいて、この思い切り良さ。眼光が鋭く、まるで獲物でも見るようだ。好戦的なんだな。

斬り下ろしてくるのをしっかりと剣で受け、何度か剣をぶつけ合い、少し離れる。

動作は速くその割に攻撃は重いし、予想以上の腕前だ。これは気合をいれねば。

ゆっくり息を吐いて剣をわずかに揺らし、半歩前に足を進めた。相手の出方を確かめたが、ピクリとも反応しない。

下手な誘いには乗らない。

一気に間合いを詰めて右から剣を振りぬくと、相手は後ろに下がってキレイに躱《かわ》した。全く体の軸がぶれていない。肩が動いて、すぐに下から斬り上げてくる。

振り切った剣を戻して防ぎ、瞬時に肘《ひじ》を緩めてから、しっかり柄を握って左から斬りつける。

エクヴァル君は力を逃しつつ俺の剣を受けた。そして俺の剣の上を滑らせて攻撃しようとするのを、上に弾いて正面から斬り下ろす。

しかし歩み足で俺の横を一気にすり抜けたので、完全に剣が空を切った。

足運びが巧みだ！

しかも足を着くと同時につま先で反転し、こちらに体を向けている。

これはやはり、自己流の冒険者じゃない。もっとしっかりと訓練したやつだ。

「……君達が私に聞きたいことが、だいたい解ったよ。なぜ、気になるのかな？」

少し距離をとり、唐突にエクヴァル君が尋ねてくる。これはもう、素材がどうこうというより核心に触れるべきか。

「彼女がアムリタという秘薬をくれた俺の師匠は、ワステント共和国軍の元将軍なんだ。師匠は彼女にお礼をしたいと願っている。もし危険があるのなら、共和国で保護することも検討できる」

「……それはまた……、大仰《おおぎょう》な話になったな。まあいい、君の誠意に応えよう」

そう言うとエクヴァル君は肘を曲げて両手で剣を顔の前に垂直に立て、地につけた左足に右足の踵《かかと》を鳴らして降ろして揃え、まっすぐに立った。

どこかの騎士がする仕草だ。どこだったか……。

「エグドアルム王国、皇太子殿下が親衛隊所属、エクヴァル・クロアス・カールスロア。これより、全力を以《もっ》てお相手仕《つかまつ》る！」

「……っはぁ⁉」

まだ本気じゃなかったのか……？　それに、親衛隊だって⁉

いや、彼女の話はどうした‼

パーヴァリも驚いた顔をして彼を凝視している。

こちらの様子などお構いなしに、エクヴァル君はスッと剣を前に突き出し、目を細めた。

「……行くぞ」

剣の位置も、頭の高さもほとんど変わらずに前に突き進んでくる。

間合いも狙いも読めない！

左に打ち抜いた一撃を防ぐと、すぐさま翻して剣を振り、僅《わず》かに下がったのを見逃さずに突き刺すように剣先を出す。

先ほどよりも速いうえに、今まで僅かにあった予備動作がほぼ消えた。

たまにチラリと動いていた視線すら追えない。

何てヤツだ、さっきまでは俺を試していたのか……！！

まっすぐに胸に突き出された剣を、斜め後ろに退いて辛くも避ける。彼の剣の下に俺の剣を通し、逆に一撃入れてやろうと思うんだが、すぐに上から押さえるようにずらされて止められた。さらに剣の軌道を避けつつ懐に入り込んでくる。

ここでまだ攻めるのか！

俺も前に進んで、左手で奴の腕を押して剣を止めさせた。剣で受けるのは間に合わない。

瞬間、ニヤリと相手の口元が笑う形に歪《ゆが》んだ気がした。

俺はとっさに離れて、体勢を整える。フッと相手の体が沈んだのは、ほぼ同時だった。

「おや、読まれたか。いやカンかな？　鋭いね、君」

何を狙っていたんだ？　背筋をゾクリと冷たいものが走る。


ごくりと唾《つば》を飲み込んで相手の出方に注意深く目を凝らしていると、なぜか普通に歩いてきた。

一歩、二歩……。

これは一体、なんだ？

俺が瞬《まばた》きをした瞬間、エクヴァル君が一瞬で間合いを詰めて下から斬り上げる。反応が僅かに遅れてしまった。剣を交えるたびに後退させられる。

「くそっ……！」

剣を必死に正面で合わせ、鍔《つば》迫《ぜ》り合《あ》いに持っていこうとした。

力ならば勝てる。

しかし相手の力が抜けて、思わず前に重心が動いてしまった。エクヴァル君の剣がくるりと俺の剣の周りを通り、上になる。

同時に滑るように重心を移動させ、右半身《はんみ》になってそのまま剣を首に突き付けられた。後ろ足のつま先の向きにまで、しっかりと気が入っている。

「だいたい想定外の動作をされると、そっちに意識がいって反応が遅れるものなんだよね」

だからって本気でやり合っている最中に、普通に歩いてみるか？

かなり緊張感がある場面だっただろう……。

「お前……最初は俺を試したな」

荒い息で床に座り込んだまま話し掛ける。相手は大きく息を吸って、呼吸を整えた。

「ちょっと違うね。負けてもいい勝負に、本気を出す必要はないからね。君達は冒険者だろう、いつ誰に雇われて敵になるか分からない」

「……そんなことまで考えてたのか……」

「強い相手に手のうちを明かしておくなんて、危険過ぎる。しかし敵対する心配は、ないようだったから。つまり、保護するとまで提案してくれる相手の誠意への、返礼のつもりだよ」

返礼……。もっと平和的な返礼が良かった。最初に単なる冒険者か確認しようと、腕を試そうと安易に考えたのは俺なんだが。

「……私には速過ぎて、何が何だか……」

パーヴァリが苦笑いで近づく。魔法が専門とはいえ、いくつも戦闘をこなしてきたこいつの目にも留まらない速さだったようだ。正直俺も、この男の動きが全部追えたわけじゃない。反射とか、もっと直感のようなもので防いだ部分はある。

戦場でこの男に会うヤツは不幸だな。

「あ、ところでお礼だって？　ガオケレナはいくらでも欲しいとか、ソーマ樹液が欲しいとか言ってたかな。変わったところでは、タリスマンを作りたいけど彫金職人に知り合いがいないと嘆いていたよ。あとはやっぱりアンブロシア。エリクサーの材料だね。他には、上級までのポーションの材料も喜ぶんじゃないかな。店に卸してるから、いくらあっても足りないみたいだ」

説明する目の前の男からは戦っていた時の身が竦《すく》むような威圧感はかけらもなく、もう普段の軽妙な雰囲気に戻っている。

「……ありがたいが、この変わり身の早さが、どうにもなあ……」

相手はただ笑うだけだった。

「あとアレ、今の生活が気に入っているみたいだね。保護は多分、断られるよ」

「そっか。まあ、確かに楽しそうだったな。……困ったことがあったら頼ってくれ。冒険者ギルドを通じて俺達を呼び出せる」

好きな場所に出掛け、好きなようにアイテムを作って、今の生活を満喫しているようだったな。

家まで買ったんだ、この町を簡単に離れたくはないか。

「ありがとう、伝えておくよ」

「ところで、私は貴方を秘匿技術を管理するような役職かと想像したのだが、親衛隊なのですか？」

話が終わったのを見計らって、パーヴァリがエクヴァルに疑問をぶつけた。

「それね。殿下が管理部門の長官を兼任されているから、親衛隊のうち、私を含めた五人の側近が色々都合よく使われているんだよ。勝手に任務に加えられてた。そんなつもりで学んではいなかったから、かなり勉強もさせられて……」

五人の側近!? 今、確かにそう言ったな？

一部で囁《ささや》かれている、実力派揃《ぞろ》いのエグドアルム皇太子殿下の親衛隊の中でも、抜きんでた存在だがあまり表に出ないという、噂のアレか！

「エグドアルムの〝皇太子殿下の五芒星《ペンタグラム》〟と呼ばれる、危険な密命もこなす精鋭じゃないか！！？」

「……え？　何その五芒星って。誰が言い出したの……？」

どうやら本人達は知らない呼び名だったらしい。しかし否定はしない。

これは、本当のヤバイ相手と戦っていたようだ。彼らは忠誠心に篤《あつ》く、殿下のためなら命も惜しまないし、親でも殺すとまで言われているぞ。どこまで本当かは知らんが……。

腕前も一流以上だ。なんでDランク冒険者なんてやってるんだ……。

詐欺だろ！

おお礼は提案された品の中で、見つけられた材料を渡すことにした。このままいったん、パーヴァリと共にレナントを去る。ソーマ樹液か、エリクサーの材料でも探すかな。

書き下ろし　セビリノ、発つ！

「元気が出てきたようだね、セビリノ君。安心したよ」

魔法研究所の所長が、私に微笑みかける。研究所の所長室には、夕方のオレンジ色の光が斜めに差し込み、二人分の影が長く伸びている。

所長とは、宮廷魔導師である私と、見習いのイリヤ殿と三人で研究をしたり、夜通し魔法について議論をしたりしたものだ。所長はそれなりのお歳だから、徹夜は厳しいご様子だったが。

「ご心配をお掛け致しました。休暇で明日から領地に戻ります。心機一転、イリヤ殿の分まで努めたいと思います」

「うんうん。彼女なら無事だろう。帰る場所をなくしてはいけないよ」

「はいっ！」

海での討伐任務の際に、イリヤ殿が海龍の攻撃を受けて生死不明となった。

私はあれからしばらく、海岸で彼女の生存を信じて帰りを待ち続けていた。かなり意気消沈していると、皆に気を使わせてしまった。所長も口にこそしないが、イリヤ殿のことに心を砕いているに違いない。

カールスロア様から生存の可能性と、調査を行うことは教えられている。だがいくら懇意《こんい》にしている所長が相手でも、この話を伝えてはいけないのだろう。歯がゆいものだ。気が逸《はや》る、早く連絡はないものか。

「……海の底に、龍宮《りゅうぐう》と呼ばれる宮殿がある、という伝説は知っているかね？」

「初耳です。龍が住んでいるので？」

「禁書庫に報告書が保存してあるんだよ。海で死んだと思われた人物がヒョイと戻り、海底に壮麗な宮殿があって助けられたと証言した。その宮殿を龍宮と呼び、人に似た住人や亀や魚が住んでいると。調査しても手掛かりすらなく、極限状態で夢か幻覚でも見たんだろうとして片付けられてしまってね。しかし、隣国でも似たような伝承はあるらしい」

所長が手にしている書類に、その報告があるのだろうか。少なくとも近年は、そんな目撃証言を得ていない。信ぴょう性が薄い気もするが、私を励まそうと突飛な話を持ち出したのかも知れん。

「……海底となると、調査は容易ではなかったでしょう。本格的に調べてみたいものです」

「もしかすると、イリヤさんも招待されていたりしてね」

「ならば是非、話を伺わねばなりませんな」

「きっといつか、どうやって助かったか彼女に問える日がくるだろう」

自身に言い聞かせるような呟《つぶや》きに、頷《うなず》いた。必ずその日はやってくる。

あいさつを済ませて扉を閉める際、隙間から覗《のぞ》いた所長の姿は、どことなく寂しそうだった。

四日間ほど休暇を得た私は、故郷で過ごしていた。

この休みは元々海での討伐の前に、男爵領の魔物退治と、黒本堂から送られた手紙の確認をするために申請してあった。魔導書の購入者から意見を募ったのだ。

まず両親に帰館の挨拶をし、屋敷の者達とも言葉を交わす。それから明るいうちに領内を回り、家族で食卓を囲んだ。

夕食は野菜中心の質素な献立で、この素朴な味が故郷に帰った安心感を与える。

さて、手紙に目を通すか。

魔石灯を灯し、机に向かう。根を詰めないようにと、メイドが湯気の立つ黄色いハーブティーを淹れてくれた。爽《さわ》やかな香りが気持ちを落ち着けてくれる。

手紙は予想より多く集まり、長い距離を移動したことを示すように、よれたり端が折れたりしていた。店ごとに紐《ひも》でくくられ、国別で大きな封筒にまとめられている。

「攻撃魔法が欲しい……あまり強いものは出版できないな。こちらは説明が丁寧だと好感触だ」

私の記した魔導書は、好評のようだ。新たな魔導書を出しましょうと、黒本堂からも依頼がきている。魔法もいいが、アイテム作製の手引書などもあれば良いのでは。ポーションの効果を高められれば、討伐で命を落とす者が減るのではないか。

「説明の単語が難しい時がある……。うかつだった、これは注意を払わねば。魔法学を学んでいない者に下読みを頼めるか、黒本堂の者に尋ねてみるか」

思いも寄らない意見などがあり、なかなか有意義だった。今日はいったんこれで終わり、引き出しに確認済みと分けて仕舞っておく。続きは明日にしよう。

様々な国で販売されているようで、行ったことのない国からも感想が届いている。宮廷魔導師である私は、国の許可なく国外には出られない。魔導書が私の代わりに旅をしているような、不思議な感覚だ。

「セビリノ、休みの日まで仕事ばかりでは疲れてしまうぞ」

翌朝、朝食を終えて部屋で手紙の続きを読もうと席を立つと、父上が背中越しに声を掛けてきた。

「ありがとうございます、父上。魔法の研究は趣味ですので、楽しいものです。父上もご一緒に如何でしょう？」

「宮廷魔導師になる以前から、お前の知識には舌を巻くばかりだった。無理だ。それよりも……職場で親しくしている女性がいるのではなかったかな。その後、どうなってるかな？」

「イリヤ殿ですか。葬儀は済みました」

「そ……っ⁉」

父上もイリヤ殿が討伐で犠牲になったという話を耳にして、胸を痛めてくださっていたのか。しかし心苦しいことに、生存の可能性については、やはり明かせない。あの素晴らしい才能が、こんなにも簡単にあっけなく、奪われるわけはないのだ……！！！

「しかし生死不明のままです。まだ可能性はあります」

「いやその……、悪いことを尋ねてしまったな。こういう辛い時は、支えになってくれる女性が必要ではないかな⁉　おお、ちょうどいい！　お前に紹介したい女性がいるのだが……」

父上は大げさに手をポンと打って、話題を転換した。支え。どういう流れだ？

私の助手が必要だと考え、引き合わせたい人物がいるのだろうか？　しかし宮廷魔導師の助手は勝手には選べない。そのことはご存知のはず。そうか、養成所への推薦だな。

「女性ですか。魔法養成所に推薦したい方がいらっしゃるのでしたら、父上からのご紹介でも面談をさせて頂きます」

無責任に紹介状は書けない。宮廷魔導師なのだ、むしろ徹底しなければ。この国において魔導師は優遇される。だからこそ、己を律しなければならない。

「あなた、セビリノにその話は無駄ですよ」

母上がため息をつかれた。ううむ、どうやらあまり良い話ではないようだ。

もしや、上位貴族から無理やり頼まれたのでは。問題があるようなら、私が直《じか》に対応すると伝えておいた。これで両親も安心だろう。

机に向かって、再び引き出しから手紙の束を取り出す。

今度はワステント共和国やチェンカスラー王国など、かなり南の国からの手紙だ。壁に貼った黄ばんだ地図には、あまり精密ではないが中央荒涼地帯までの大まかな地形と、国名が記されている。

中央荒涼地帯とは、雨がほとんど降らず、赤茶けた乾いた大地が続く不毛の地のことをさす。何もない岩山などが徒歩で何日も続き、人は住んでおらず、塩が噴き出して一面が白っぽい場所もあるとか。魔物も植物もほとんど生息しないような地帯だ。

昔はそこが世界の果てだと考えられていた。今ではこちら側は大きな大陸の北半分で、荒涼地帯の南側にも大陸が続いていると周知されている。

かつてあの過酷な地を越えた者がいて、調査がなされたという。荒涼地帯は周辺国で重い追放刑を受けた者が送られていたらしいので、着の身着のままで抜けた強者がいたのだろうな。

余計なことを考えてしまった。

改めて集中しなければ。何通目かの手紙を開いた時に、思わず目を留めた。

これは……。

署名こそないが、イリヤ殿の文字では⁉

私の浄化と炎の壁の魔導書の二冊を買い、感想と提案を頂いていた。

まずは簡潔で理解しやすいと、賛辞が丁寧に認《したた》められている。それから石を粉にする魔法や、水の浄化に特化した術の存在が認知されていないから、そちらを魔導書にまとめてはどうかという提案。炎の壁の魔導書は、炎の高さの調節についての説明が書かれていないとの指摘だ。

そしてもう一通あった。これは魔法付与の新しい可能性についての、論文ではないか！

やはり……まさしくこの話の展開、深い内容……イリヤ殿で間違いない。

素晴らしい、さすがイリヤ殿‼

これを早く魔法研究所の所長にもお知らせせねば……、ああいや、本人と語り合いたい！

私は迷わず新しい紙を用意して、ペンを執った。

まずは休職願。宮廷魔導師などやっていられん。

国を離れるための、申請書も書く。しかし申請が認められるまでには時間がかかる。待ってなどいられない。彼女が移動してしまえば、また足跡を追えなくなってしまう。カールスロア様が捜索してくださっているとはいえ、イリヤ殿と面識はないだろう。そう簡単には見つけられまい。

やはり私が、行かねば！

この手紙はチェンカスラー王国の防衛都市からか。壁に貼られた地図を確認した。ずいぶんと遠い国だ。途中で黒本堂に寄っておくか。こうなったら他の手紙も、今日中に全て読み終える。

あとは……念のために退職届も用意しておくか。もしもの時は、これを提出してもらおう。

宮廷魔導師でなければ、出国することも自由なのだ！　悪いのは職だ！

せっかく就任できて喜んでくれた両親には申し訳ないが、それよりも重大な問題だから仕方がない。全て説明すれば、理解して頂けるに違いない。今は時間がないから戻ってからでいいな。

仕送りができなくなるのが問題か。男爵領の運営資金の足しにしてもらっていたのだ。

心苦しい部分ではあるが、エグドアルムで宮廷魔導師が務まるのなら、他の国でも好待遇で仕官が可能なはず。イリヤ殿もどの国へ移ろうとも、生活に困りはしないだろう。国に仕えずとも、冒険者でも魔法塾でも、何をされても成功される。どのような道を選ばれたのか、とても興味深い。

さあ、グズグズしてはいられない。明日には出発だ！

目指すはチェンカスラー王国！

……おっと、両親に挨拶《あいさつ》をしておかねば。

せっかく休暇を得たのに一緒に過ごせず、心苦しい。急ぎ足で廊下を進む私を、使用人達が軽くお辞儀をして見送る。

「父上、母上。いらっしゃいますか」

ノックをして入室の許可を得た。部屋では父上と母上がくつろいでいた。特に調度品もない素朴な部屋に、私が頂いた感謝状や任務で得た勲章が飾られている。

「仕事は終わったかね？　お茶にするかな？」

「リンゴのコンポートがあるんですよ。貴方の仕送りで苗木をたくさん買って、果樹園を増やせたのです。領民も感謝しているわ」

テーブルに置かれた皿には、つやつやと飴色《あめいろ》に輝く柔らかそうなリンゴが並べられていた。男爵領で収穫されたのか。以前はなかった品だ。

「それは願ってもない！　私も安心して国を離れられます」

「……国を？　許可が必要だろう、申請してあるのか？」

「いえ、これからです。申請書、休職願、そして万が一に備えて離職届。父上にお預けします」

書き上げた三通を全て託した。父上は目を見開いて受け取る。大きな文字で書いてあるので、そんなに凝視しなくても読めるだろう。

「離職届……？」

「はい。勝手に国を離れるので、問題になるかも知れませんので」

「セビリノ、分かっているのなら国を離れる申請が通ってから出掛けなさい。物事には順序があるものですよ」

母上が諭すように眉《まゆ》をひそめる。しかし決めたことだ。翻《ひるがえ》すつもりはない。

「優先すべき順序に従いました。明日、出立いたしますので。ご迷惑をお掛けしますが、後のことは宜しく頼みます。では準備がありますので失礼します」

「ああ……、この子は全く変わっていないわ……」

どうやらご理解頂けたようだ。部屋に戻る私の後ろから、父上の叫びが聞こえた。

「セビリノー!!! せめて先に相談をしないか!」

ふむ、なるほど。次はそうしよう。

おまけ　杖《つえ》とドレスの話

「クローセル、戻ってるんだろ？　食事にでも行かないか」

「すまんのう、閣下の急なご用命が入ったのだぞい」

地獄の自宅にある書斎でくつろいでいた私に、ベリアル閣下からのお呼び出しがあった。

私は最近、閣下がいらしたエグドアルムよりもずっと南にある国で契約を得たので、そちらで過ごすことが多くなっていた。ちょうど地獄にいて良かったわい。

閣下は私を待っていらして、姿を見るや否や、挨拶をする暇もなく声を張り上げた。

「クローセル！　至急イリヤのドレスを用意せよ！」

「閣下、どのドレスに致しましょう」

「そうであるな……、ガーデンパーティーに招待されたのだ。最近あつらえたドレスがあったであろう、アレを用意せよ。アクセサリーも見繕うが良い」

「仰せのままに」

閣下はともに参加すると、ご自身の衣装の支度に向かわれた。

イリヤが今いる国の公爵から庇護《ひご》を受けることになり、パーティーにも招待されたそうだ。しっかりと魔法の腕を磨いたようだ。どのように成長したのか、また会うのが楽しみだの。

それにしても、支度をしてすぐに戻らねばならないらしい。ずいぶんと急だわい。

私は早速、ドレスが並ぶ部屋の扉を開いた。

閣下の宮殿に、イリヤの衣裳《いしょう》部屋があるのだぞい。本人の入れぬ衣裳部屋が。


最初に閣下がイリヤのドレスを作ると仰せになったのは、いつだったか。

確かイリヤが十二歳の頃であったか。推薦されて魔法養成施設に入り、村を出たのだ。

王都へ行けば、腕の良い魔導師がいるであろう。閣下の存在が知られてしまうと、あのまだ善悪の判別もろくにつかぬ小娘に、悪影響を及ぼす輩が近づくだろうことは容易に想像がつくぞい。

故に我らはいったん地獄へと戻り、様子を見ることにしたのだ。閣下とは定期的に連絡を取るように申し付けて。口には出さぬが、気になさっておいでであった。


その頃の私は、イリヤの先生をする必要がなくなって、地獄で暇を持て余していた。

あの小娘は特別に魔法が好きで、目を輝かせて学んでおった。人間の社会で魔法を学び直し、研究するのも為になるはず。そのような施設ならば、様々な設備も資料も揃《そろ》っていよう。

礼儀作法に問題はあったが、それも養成施設で修められる。

イリヤの成長には欠かせぬ。我らとばかり関わっているわけにはいかん。

しかし……、なんとも退屈だわい。

閣下とはマジックミラーを通して、通信をしているようだ。たまに閣下が、イリヤの様子を教えてくださる。ほとんどの悪魔には、地獄から人間の世界を覗《のぞ》くことはできない。

イリヤは帰りたいと落ち込んでいて、もうホームシックのようだと呆《あき》れていらしたが……。

誰かに意地悪でもされたのではないかの。貴族も多いであろう。もし閣下が勘付かれれば、ただで済まさぬと憤《いきどお》られるに違いない。

私は敢えて、黙っていた。閣下が介入して無茶をなされば、むしろイリヤの立場が悪くなるかも知れぬし、国にいられなくなっても可哀想だ。貴族と揉《も》めるには分が悪い。

……はあ。どうにも本を読む気にもならんぞい。私は部屋の整理を始めた。あちこちに本が乱雑に積まれたままだ。召し使い達には、この部屋には手を触れぬように命じてある。

しばらくバタバタと動いていると、不意に扉がノックされた。

「クローセル様、閣下のお使いの方がいらっしゃいました」

「おう、すぐ行くわい」

埃《ほこり》を払って応接間へ急ぐと、同じく閣下にお仕えする同僚が立っていた。

「……うまくやったな、クローセル。ベリアル閣下のお召しだ。羨《うらや》ましいよ」

「直ちに参ろう。小娘は水属性が得意だったからのう、運が良かったぞい」

ベリアル閣下は狩りを好まれる、勇猛果敢な将であらせられる。そのためお側に侍《はべ》る者は、ほとんど武官であった。私のような文官タイプは、今まであまりお召しになられなかったのだ。

なので同じタイプの同僚には出世頭のような、羨望《せんぼう》の眼差しで見られている。

絢爛《けんらん》豪華な閣下の宮殿は、私には少々ハデ過ぎて目が痛い……。以前ルシフェル様と剣で手合わせをし、貴賓室を破壊されてから、あの部屋だけは質素かつ重厚に直された。アレは絶対に故意であると、苦々しそうに呟《つぶや》いておられた。

膝《ひざ》を折って挨拶《あいさつ》をすると、閣下は待ちかねたとばかりに笑顔で私を迎えてくださった。

「閣下、ご機嫌麗しゅうございます。お召しにより参上いたしました」

イリヤから良い知らせでもあったのかと、考えていたのだが。

「待っておったぞ、クローセル！　小娘のドレスをあつらえよ」

「……は？　イリヤのドレスでございますか？　晩餐会《ばんさんかい》にでも招待されたので？」

施設に入ってから、まだそこまでの日にちは経っていないはずだったがの……？

呼ばれるような縁でもできたか？　いくら悪魔と人間では時の流れの感じ方が違うとはいえ、感覚の違いからくる齟齬《そご》ではなかろう。性急過ぎる気がするのだが。

「まだであるが、入り用になってからでは遅かろう。小娘は赤貧であるからな、我が揃えてやるしかあるまい？」

この方は相手を一度気に入ると、宝石でも財宝でも、何でも望む以上に与えたがる。実のところ、イリヤにももっと頼られたいようだ。ドラゴンティアスなどを与えて喜ばれると、とても満足そうな表情をしていらっしゃったからのう……。

ただ素直ではない。言えば与えるのに、と思っていても簡単に口にはされん。

閣下の寛大なお心は、小娘に全く伝わっておりませんぞ。


しかし、ドレスの準備は早計であろう。使われぬドレスの山が目に浮かぶような……。代替案でも提案する方が良さそうだの。

「閣下、それはまだ早うございます。それよりも、現在必要なものを与えられては如何でしょう」

「なんであるかな、ドレスよりも必要なものがあるのかね？」

閣下はハデ好きでいらっしゃるから、きらびやかな事柄に目がいくようだ。

私は一呼吸置いて、ゆっくりと答えた。

「はい。杖にございます」

「杖……、確かに小娘は持っておらんな」

「魔法使いとして、イリヤは一人前でありましょう。魔法養成施設に入所した祝いとして、杖を与えてやるのが宜しいかと」

「ふむ！　祝いか、それは失念しておったわ。さすがはクローセルであるな。では、アレに相応《ふさわ》しい杖を用意せよ」

「ははっ！」

杖ならばイリヤも使うであろう。閣下は与えた宝飾品を身に着けぬと、ご不満でいらしたしのう。

一度イリヤに尋ねた時に、『かっかは要らないから売ってもいいっていってくれたけど、もったいないから、たからもの箱にしまいました』と、答えおった。

閣下、イリヤはお言葉を額面通りに受け取っておりますぞ。


「宝物庫にユグドラシルがあったな。素材として使用するが良い」

「世界樹《ユグドラシル》を、でございますか……？　さすがにそれは……」

なんとまあ、過保護な。本当に大切にしておられるな。アレだけ魔法が使えれば、大した杖でなくとも用が足りると思うのだがのう。

むしろ、高級品過ぎて人前で使えなくなってしまう……。盗まれる恐れもある。出所を尋ねられても困るだろうに。

「ミスリルを使い、豪壮に仕上げよ。祝いに相応しくな！」

「は、はあ……。では回復魔法が苦手なイリヤに、蛇の彫刻を絡ませた、アスクレピオスの杖として与えましょう。後々まで使えましょう」

「……なるほど、それは良い案であるな。早速取り掛かるよう！」

「はは！」

そうして完成したのは、上が楕円《だえん》になった背丈ほどのユグドラシルに、ミスリルで作った精巧な蛇の彫刻が絡みついた回復の杖。金で装飾を施して、目にはブルーダイヤが嵌《は》め込まれている。

閣下は仕上がりにかなり満足され、私をお褒めくださった。

出来上がった杖をイリヤに渡す時、

「攻撃魔法は合格点であるが、回復魔法は未熟であるな。この杖を使うと良い」

と、仰られたそうだ。

閣下。祝いの品としてわざわざ作ったのだと教えねば、鈍感なその娘には通じませぬぞ……。


ちなみにドレスは、宮廷魔導師見習いに抜擢《ばってき》されてから、毎年新しくあつらえておられる。夜会用とアフタヌーンドレスの二種類を。数年分のドレスが一度も袖《そで》を通されることなく、大切に保管されているだけ。アクセサリーも、それに比例して増えておるわい。

職人になってからとはいえ、ようやく着る機会を得て閣下もお喜びであろう。


……おっと、過去の思い出に浸り過ぎておったわい。ドレスを探しているのであった。

閣下に申し付けられた、白から紫にグラデーションしているふくらはぎ丈のドレスと、それに合わせたショールを用意する。そして細い引き出しに仕舞われた装飾品から、パールの首飾りとルビーのブレスレットを選ぶ。あとは靴か。紙の袋に靴だけを別に入れて、衣裳部屋から持ち出した。

ガーデンパーティーなら、控えめなくらいが良いであろうの。金額は控えめではないが……。

戻ると閣下は既に、着替えを済ませられていた。黒地に金の刺繍《ししゅう》をふんだんに施した衣装をお召しになっている。そして侍従に装飾品を載せたトレイを持たせ、選んでいる最中であった。侍従が数人並んでいて、閣下は眺めながらその前をゆっくりと通り過ぎる。

ガーデンパーティーに豪壮な装いで、華美な宝飾品を幾つも身に着けられるのであろうか……？

イリヤの冷たい視線が目に浮かぶようだ……。

しかし嬉《うれ》しそうでいらっしゃる、余計なことは申し上げるべきではないわい。

宝飾品を選び終えて、閣下は人間の世界へと再び渡られた。どんなパーティーになるのやら。

◆◆◆

ガーデンパーティーを明日に控え、公爵閣下の邸宅内はいつになく慌ただしい。

アウグスト公爵の庇護を受けている私、ハンネスも参加しなければならない。

新しく庇護を受けたレナントに住む魔法アイテム職人、イリヤさんご一行が飛び入りで参加されることになり、今晩はこの邸宅に泊まることに決まった。急きょそちらの準備も進められている。

彼女が契約している悪魔は、私が契約している悪魔の、侯爵キメジェスより爵位が上のようだ。

キメジェスはこれでも、チェンカスラーに滞在している悪魔で最も高位だったんだ。

そのベリアル殿は、今は地獄に帰られて支度をされている。

護衛のエクヴァル殿は公爵閣下のご子息の衣服を借りるので、サイズが合うか確認中。

「ハンネス様は、どこで魔法を学ばれたんですか？」

イリヤさんが私に尋ねた。彼女はベリアル殿が全て用意してくれると意気込んでいるので、彼からの連絡を待っている。再び召喚しないといけないからね。

「私は召喚術と魔法を教えてくれる、先生の塾です。安い謝礼で、貴族ではない者だけを生徒に募った、変わり者の先生でした」

メイドがお茶とお菓子をテーブルに用意してくれる。イリヤさんはフルーツがたくさん入った、色鮮やかなオレンジ色のジュレを手にした。

「楽しそうですね。どのような授業をされるんですか？」

「魔法は防御や回復が中心でしたね。それと、召喚術で契約を交わす指導もして頂けました。キメジェスと契約を結んだのも、塾に在籍していた時です。先生がとても喜んでくださったのを、昨日のことのように覚えています」

私はなかなか召喚に成功しなかったので、キメジェスが現れた時はとても興奮した。さすがにいきなり貴族を喚べたとは思わないから、爵位を教えられた時には驚いたな。

「あの頃から真面目だが、どこか抜けたところのある男だ。ハンネスは」

「キメジェスの失言も大したものじゃないか。ベリアル殿が許してくれて良かったよ」

「……あの方は、意地がお悪いのだ……。男爵か子爵のような魔力だったから、すっかり騙《だま》された。どうやって偽装されているのやら……」

肩をすくめるキメジェスに、イリヤさんは笑っている。彼女はエグドアルムの宮廷魔導師見習いをしていたという。魔法大国と呼ばれる国だ。そちらの方こそ、興味がある！

「イリヤさんこそ、国ではどのように魔法に携《たずさ》わっていたんですか？　もちろん、秘密を探ろうというわけではありません。ちょっと興味がありまして」

国ごとに色々と機密事項があるから、差し障りのない内容だけでも教えてもらいたい。しかし勘違いされないようにと焦ってしまった。挙動不審だったかな、ちょっと恥ずかしい。

イリヤさんは普通に会話を続けてくれた。

「国ではですね、セビリノ殿と魔法研究所の所長と一緒に、色々研究や実験をしていました。魔法アイテムを作る際の、入手が難しい素材の代替品を探したり」

「セビリノ殿……」

聞き覚えがあるような名前だ。思わず繰り返すと、彼女は頷《うなず》いた。

「ええ、宮廷魔導師をしていらっしゃる方です」

エグドアルムの宮廷魔導師、セビリノ……。

もしかして、魔導書の著者として最近チェンカスラーでも有名な、セビリノ・オーサ・アーレンス様では⁉

「エリクサーの作製が順調に進み、気負って魔力を放出し過ぎてしまって、失敗したこともありました。あれはガッカリしますね。ただでさえ一人が使える素材には、制限が設けられておりましたので。ドラゴンティアスの割り当てがない月もあるので、セビリノ殿と連れ立って狩りに行ったりしましたよ。そこでコカトリスに遭遇したり……」

ああああ、しまった。確認する前に話が進んでいる。魔法関係のことになると、彼女はとても饒舌《じょうぜつ》だ。笑顔だけど、愉快な話題かな……⁉

むしろ『うっかりコカトリスに遭遇した』と言われて笑ったら、笑いごとじゃないと普通は怒られるだろう。かなり強くて石化のブレスを吐く、厄介な鳥の魔物だ。どんな魔法を使ったのかなどの質問をしていたら、イリヤさんが首から下げているルビーのネックレスが光った。

キメジェスの表情が緊張からか、固くなる。

「どうやらベリアル様の支度が整われたようだな」

「そうですね、では召喚致しましょう」

イリヤさんは立ち上がって、事前に用意しておいた座標の前に立った。

「呼び声に応えたまえ。閉ざされたる異界の扉よ開け、虚空より現れ出《い》でよ。至高の名において、姿を見せたまえ。地獄の王、ベリアル殿」

ブワッと赤い炎が噴き出し、霧のように流れて消える。座標の上には火柱が立ち上がり、その中からベリアル殿が姿を現した。

黒い上下で、金の刺繍が火の赤に照らされて輝いている。装飾品も多いし、ずいぶんと派手だなあ。パーティーの作法には詳しくないけれど、昼のパーティーでは目立ち過ぎるのでは？

イリヤさんに顔を向けると、やはりとても微妙な表情をしていた。

「そなたのドレスである」

「……ありがとうございます、試着してみますね」

明らかに引かれているのを気にもせず、ベリアル殿は手にしたドレスと装飾品をイリヤさんに差し出した。召喚に驚いてうろたえていたメイドが、慌てて前に出て受け取った。

ドレスはイリヤさんの髪に似た色で、光沢のあるキレイな生地で仕立てられている。高価そうな生地だな。ショールは薄手で滑らかだ。繊細な刺繍も施されている。

イリヤさんは試着をするので、メイドとともに部屋を出た。

部屋には私とキメジェス、そしてベリアル殿が残される。

「どうであるかな、見事であろう！」

「さすがベリアル様、煌《きら》びやかでいらっしゃいます！」

ご機嫌で腕を広げて披露するベリアル殿を、キメジェスは精いっぱい賛美する。彼は普段、他人の衣服を褒めたりしないから、言葉に困っているようだ。あまり余計な表現をすると、失言するだろう。最小限に留めておくのが正解だよ。

「とてもよくお似合いです。刺繍も素晴らしいですね」

「ふははは！　そうであろう、そうであろう‼　キメジェス、そなたの契約者は優れた審美眼の男であるな！」

やはり刺繍を褒められたかったようだ。キメジェスは、なるほどという顔をしている。

「はっ。ベリアル様のために作られたような服です！」

「……オーダーメイドなのであるから、当然であろうが」

「そ、そうでした。ええ、カブトムシのようにカッコイイと思います！」

「そなたは先ほどから、我を愚弄《ぐろう》しておるのかね！！！」

ベリアル殿が怒鳴りつける。魔力が風のようにブワッと押し寄せた。

キメジェス……っ、どうして余計な発言をするんだ……！

「カブトムシはないだろう、早く謝罪しないと」

「そんなバカな……！　カッコイイだろう、カブトムシ……」

小声で窘《たしな》めると、大きく口を開いて驚いている。本気で褒めたつもりだったのか……。


「どうされたんですか？」

着替えて戻って来たイリヤさんが尋ねる。訝《いぶか》し気に薄紫の髪が揺れた。

ドレスはよく似合っていて、サイズもちょうどいいようだ。

「そなたが気にする必要はない」

「はあ。あまりワガママを言って、ご迷惑を掛けないようにしてくださいね」

彼女はもうちょっと、気後れしてもいいんじゃないか⁉　ベリアル殿は苦々しく片目を細めるだけだった。なんでもいいや、話題を逸らそう。

「清楚《せいそ》なドレスがお似合いですね、イリヤさん。さすがベリアル殿の見立てです」

「そうだなハンネス、色合いがとてもいい。馬子にも衣裳《いしょう》ですな！」

だからキメジェス、君は余計なことは口にしないで！

……と、怒りたかったけれど、ベリアル殿は今度は笑っている。

「昔から跳ねっかえりのワガママ娘であったが、ドレスを身にまとえばそれなりに見られるものよ」

「はいはい。ではドレスはこれで決定ですね。今日はもう休みましょう」

軽くあしらっている……。ただ、ベリアル殿はイリヤさんのドレス姿を披露できるのが嬉しいようだ。こっちは素直に言葉にすればいいのにな。

どうも悪魔も難しいね。


明日……いや、日付が変わっているから、今日はもうガーデンパーティー当日。少し寝ておこう、失態を犯したら公爵閣下の名に傷がつく。参加したくないなあ……。

問題が起こらず、平穏に終わりますように。

それではおやすみなさい。

あとがき

こんにちは、神泉《かみいずみ》せいです。三巻です。おおお……、読んでくださってありがとうございます。

今回は書籍初出の魔法もアイテムもありませんが、その分ストーリーをしっかり補強いたしました。書き下ろしもあります！　セビリノ君のビフォーアフターです。ギアが変わる瞬間が見られます。おまけの「杖《つえ》とドレスの話」も、たっぷり書き足しいたしました。カブトムシ言わせちゃった。

さてさて、本ではなく、悪魔の紹介を。

まずはキメジェス君。ソロモン七十二柱より。文法、論理学、修辞学に精通した勇猛な戦士。兄貴肌なイメージだったのに、何故か失言悪魔に。ネットのカクヨム掲載の、こぼれ話の方に「ハンネスとキメジェスの場合」というタイトルで、契約するいきさつを書いています。

ボーティス君。ソロモン七十二柱より。和解させてくれる悪魔。相手を支配下におくことも。真面目そう。説明が長い、頭が固い感じのタイプのイメージ。本作ではエルフの村に住みつきました。同じくこぼれ話に「エルフの村での一日」というタイトルで、その後を少し書いています。

アスモデウス様。ソロモン七十二柱や、トビト書に出るようです。色欲系の悪魔。好きになった女性にとりついて婚約者を殺していき、最後は天使ラファエルに祓《はら》われます。男性の方につけば良かったのに！　と思い、美人の彼女を作りました。性別が変えられる説もあるらしいです。堕天使組。ベリアル殿と仲悪そうと思い、こうなりました。同族嫌悪っぽい。

ルシフェル様。天において最も輝いた天使。その後、天使の三分の一を率いて神に弓を引き、堕天。ルシフェル様＝サタン様説もありますな。本作では別悪魔です。優雅に見えるよう、気をつけて書いています。ベリアル殿と仲がいいです。気の置けない友達です。

悪魔、サバト、魔法戦、アイテム作り……、色々な要素の詰まった一冊になったかと思います。

エクヴァル君も合流しました。リニの出番も少し作りました。今回は表紙にいますね。やった。

魔法は、七つの門……とか言ってるヤツは、イシュタル（イナンナ）の冥界《めいかい》下りの神話がモチーフになっています。オリエント好き。「アルク・フレッシュ・ティレ」という魔法は、月と狩りの女神のイメージから。同じく「スタラクティット・ド・グラス」は、北欧の創世神話のイメージから生まれました。神聖系の魔法も、ついに登場です。妄想が熱く燃えております。

　ベリアル殿のもう一つの称号も出ました。考えるの楽しかった。惑星の護符は、二巻で紹介したソロモン王の魔導書に載っています。言葉とかは変えたり自分で考えたりしています。

　ちなみにアムリタの材料として登場した薬草の「シーブ・イッサヒル・アメル」は、ギルガメッシュ叙事詩に出てくる若返りの草です。

　この本を作るのに携わってくださった、全ての方に感謝を申し上げます！

　そしてハトリ先生、ステキなイラストをありがとうございます。挿絵たくさんで幸せです！

　帯を見て既にお気付きだと思いますが、最後に告知を兼ねたショートショート劇場を送ります。

◆◆◆

子イリヤ　：かっか～！　イリヤ、コミカイズするです！
ベリアル　：知っておるわ。せっかくであるな。我はもっと、装飾品を増やした方が良いか。
子イリヤ　：ぷう！　かっかはどうでもいいです。イリヤをほめて！
ベリアル　：どうでもいいとは何だね！！！
クローセル：閣下、子供のことでございます。イリヤや、良かったの。
子イリヤ　：先生！　えへへ、やりました。先生もコミカライズ、するですか？
ベリアル　：待たんか。そなた、コミカライズが何か理解しておるかね？
子イリヤ　：よくわかんない。でもきっと、ステキなことです！
クローセル：それで、はしゃいでいたとはの……。相変わらず、自由な子供だぞい。
子イリヤ　：楽しみなのです！
ベリアル　：やはり今からでも、我を主役にすべきではないかね？
子イリヤ　：かっかも、コミカライズしたい？　イリヤがお願いしてあげるね。
ベリアル　：そなたは先に、コミカライズの意味を調べぬか！

♪　コミカライズ企画、進行中　♪

カドカワBOOKS

宮廷魔導師見習《きゅうていまどうしみなら》いを辞《や》めて、魔法《まほう》アイテム職人《しょくにん》になります 3

2021年8月10日　初版発行

著者／神泉《かみいずみ》せい

発行者／青柳昌行

発行／株式会社KADOKAWA

〒102-8177
東京都千代田区富士見2-13-3
電話／0570-002-301（ナビダイヤル）

編集／カドカワBOOKS編集部

印刷所／暁印刷

製本所／本間製本

●お問い合わせ
https://www.kadokawa.co.jp/（「お問い合わせ」へお進みください）
※内容によっては、お答えできない場合があります。
※サポートは日本国内のみとさせていただきます。
※Japanese text only

Printed in Japan
ISBN 978-4-04-074189-5 C0093

新文芸宣言

かつて「知」と「美」は特権階級の所有物でした。

15世紀、グーテンベルクが発明した活版印刷技術は、特権階級から「知」と「美」を解放し、ルネサンスや宗教改革を導きました。市民革命や産業革命も、大衆に「知」と「美」が広まらなければ起こりえませんでした。人間は、本を読むことにより、自由と平等を獲得していったのです。

21世紀、インターネット技術により、第二の「知」と「美」の解放が起こりました。一部の選ばれた才能を持つ者だけが文章や絵、映像を発表できる時代は終わり、誰もがネット上で自己表現を出来る時代がやってきました。

UGC（ユーザージェネレイテッドコンテンツ）の波は、今世界を席巻しています。UGCから生まれた小説は、一般大衆からの批評を取り込みながら内容を充実させて行きます。受け手と送り手の情報の交換によって、UGCは量的な評価を獲得し、爆発的にその数を増やしているのです。

こうしたUGCから生まれた小説群を、私たちは「新文芸」と名付けました。

新文芸は、インターネットによる新しい「知」と「美」の形です。

2015年10月10日

井上伸一郎

竜と精霊と聖女の力で……
領地がめちゃめちゃ強くなってます!?
B's-LOG COMICほかにて
コミカライズ連載中!
漫画:黒野ユウ
発売即緊急重版
役立たずと言われたので、
わたしの家は独立します!
~伝説の竜を目覚めさせたら、
なぜか最強の国になっていました~